인공지능과
빅데이터로 읽는
미래 스포츠 이야기

인공지능과 빅데이터로 읽는 미래 스포츠 이야기

저자 _ 천제민

발행 _ 2023.08.22

펴낸이 _ 한건희

펴낸곳 _ 주식회사 부크크

출판등록 _ 2014.07.15.(제2014-16호)

주소 _ 서울 금천구 가산디지털1로 119, SK트윈타워 A동 305호

전화 _ 1670 - 8316

www.bookk.co.kr

출판기획 _ enBergen (엔베르겐)

디자인 _ enbergen3@gmail.com

ISBN ISBN: 979-11-410-3984-4

인공지능과
빅데이터로 읽는
미래 스포츠 이야기

Prologue

프롤로그

데이터가 주는 의미와 스포츠의 위상

현대인들은 모든 곳에서 데이터를 만들고 다양한 분야에서 데이터를 사용하는 본격적인 데이터 시대에 살고 있다. 특히 스마트폰으로 대변되는 ICT 사회에서는 데이터의 홍수라고 할 만큼 산업 전반에 걸쳐 데이터에 대한 중요성이 크게 대두되고 있다.

하지만 이러한 데이터를 어떻게 활용할 것인지 알기 위해서는 데이터가 가지는 '본질적 속성'에 대한 이해가 무엇보다 필요하다. 즉 데이터의 속성을 이해하고 어떻게 활용하느냐에 따라 원하는 목적을 제대로 이룰 수 있을 뿐 아니라 새로운 가치를 창조하는 힘을 만들어 낼 수 있기 때문이다.

데이터를 사람의 다양한 활동에서 '목적성 유무'로 구분해 보았을 때 '의식적 활동에 따른 데이터'와 '무의식적 활동에 따른 데이터'로 나누어 볼 수 있다. 특히 스포츠를 통해 발생하는 사람의 생체·신체적 데이터는 대단히 목적 의식적인 데이터로 그 어떠한 사회문화적 데이터 보다 최상위 개념의 질(質) 높은 데이터라 할 수 있다. 따라서 스포츠를 통한 데이터 분석은 단순한 경기력 향상과 승률 예측 이외에 다양한 사회문화적 가치 창출의 토양이 될 수 있다.

'산업과 산업'의 융합이 아닌 '기술과 기술'이 만나는 융합

평창 동계올림픽을 계기로 다양한 ICT 기술과 스포츠 접목이 본격화됐다. 이러한 시도에 정부와 대기업이 나서고 다양한 스타트업들이 생겨나고 있다. 특히 스포츠 경기에서 융합 기술은 사실상 이미 완성 단계에 와 있다고 판단해도 무관하다.

스포츠와 빅데이터의 만남으로 신기원을 열다!

4차 산업혁명을 이끄는 최첨단 ICT 기술이 어떻게 스포츠 환경을 변화시키는지 구체적인 사례를 통해 살펴보고자 했다. 인공지능(AI) 기술과 스포츠 로봇의 출현, 가상현실(VR)과 증강현실(AR)을 통해 본 스포츠의 신세계, 마술에 비유했던 사물인터넷(IoT) 기술, 인간의 한계를 뛰어넘는 영상분석 기술에 이르기까지 스포츠 산업에서 데이터가 가지는 비중은 점점 증가하고, 스포츠 환경의 패러다임 역시 크게 바꿔 놓고 있다.

하지만 아직은 국내 스포츠 시장에서 빅데이터 활용은 걸음마 단계 수준에 머물러 있다는 게 대부분 전문가들의 의견이다. 최첨단 ICT 기술과 스포츠의 만남이 세상을 바꾸는 원동력이 될 수 있고, 현재와 미래 세대에게 새로운 가치와 즐거움을 줄 수 있는 충분한 기회의 장이 될 수 있음에도 아직은 선진 나라들과 비교했을 때 많이 뒤처져 있는 현실이다.

이러한 현실을 돌려 생각해 보면, 국내 스포츠 환경에서 인공지능과 빅데이터를 접목한 새로운 서비스는 앞으로 무궁무진한 잠재력이 있다고 말할 수 있겠다. 즉 '할 일과 할 수 있는 일'이 그만큼 많다는 의미다. 정부는 정부대로, 기업은 기업대로, 현장은 현장대로 보다 적극적인 관심과 노력을 기울인다면 스포츠 ICT가 4차 산업혁명 시대를 견인하는 '건강한 문화 아이콘'으로 자리매김할 것이라 확신한다. 이러한 의미에서 작지만 국내 스포츠 산업의 긍정적 변화에 이 한 권의 책이 의미 있는 역할을 하기를 바란다.

마지막으로 글을 쓰는 동안 늘 곁에서 애정 어린 조언을 해 준 아내에게 깊은 고마움과 사랑을 전한다.

2023년 08월
저자 천제민

"ICT 전문가가 들려주는
첨단기술 기반 미래 스포츠 이야기!"

Contents

프롤로그   4

Part 1. 스포츠, 빅데이터로 날개를 달다   12
- 빅데이터, 108년간의 저주를 풀다   15
- 스포츠, 최첨단 ICT 기술로 더 큰 감동을 주다   16

Part 2. 인공지능(AI), 인간을 뛰어 넘다   22
- 인간 능력을 뛰어넘다   25
- 스포츠 전문 분야로 파고들다   26
- 경기장 심판 자리까지 꿰차다   26
- 선수 코칭을 대신하다   28

Part 3. 인간과 스포츠 로봇의 빅매치   34
- 바둑에서는 알파고, 골프에서는 엘드릭   37
- 세계 최고 선수에게 도전장을 던진 탁구 로봇   39
- 축구 천재 메시와 골키퍼 로봇 간 세기의 대결   41
- 현실 가까이 다가온 미래 스포츠   43

Part 4.　스포츠, VR로 다시 태어나다　　48
- 현장의 생생한 감동 그대로, Live VR　　50
- 실감 체험형 교육 플랫폼, Interactive VR　　53
- 훈련을 실전처럼, Training VR　　55

Part 5.　현실과 가상의 절묘한 조화 AR　　60
- 라이딩과 게임을 동시에, AR 고글　　62
- 스마트한 안경으로 보는 놀라운 세계　　65
- 현실 세계와 가상 세계를 넘나드는 MR　　68

Part 6.　데이터 수집의 신세계, '스포츠 IoT'　　74
- 스포츠 빅데이터의 전제 조건, 사물인터넷(IoT) 기술　76
- '입는 디바이스' 웨어러블(Wearable) 디바이스　　78
- 마우스피스(Mouthpiece) 등 다양한 형태의
　웨어러블 디바이스　　79
- Open New Era! GO, 4th Industrial Revolution!　　80

Part 7. 스마트볼의 숨은 비밀, 센서의 마술 **84**
- 스포츠 매직쇼의 주인공, 스마트볼(Smart Ball) **86**
- 나만의 훈련 시스템, 마이코치(Micoach) **88**
- 다양한 종류의 센서 내장형 IoT 디바이스 **90**
- '보이는 것'에서 '보이지 않는 것'으로의 진화 **94**

Part 8. 스포츠 용품의 똑똑한 변신 **96**
- 인포모션 스포츠(Infomotion Sports)의 탄생 **98**
- 언제 어디서나 필요한 곳에 내맘대로 **100**
- 나만의 스윙 훈련 코치, Zepp Labs의 스마트 배트 **100**
- 골프 레슨의 끝판왕, GOLFZON의 Swingtalk **101**
- 똑소리 나는 라이딩의 신세계 **104**

Part 9. 매의 눈으로 인간의 한계를 극복하다 **108**
- 스포츠 영상 기술의 원조, 호크아이 **110**
- IoT와 영상 기술의 컬래버레이션, 스마트 코트 **113**
- 개인 맞춤형 코칭 서비스 **114**
- 스포츠 영상 분석 기술의 끊임없는 진화 **116**

Part 10. 0.01초를 위한 선수와 과학의 콜라보   **122**
- 동계스포츠 장비 성능평가 시스템, 아이스체임버   **125**
- 상어를 통해 배운 최첨단 기술, 올인원 수영복   **127**
- 첨단 ICT 기술 입은 스포츠 장비·용품의 진화   **128**

Part 11. 스포츠 팬심, 빅데이터로 달구다   **132**
- 새로운 재미 선사하는 스포츠 빅데이터   **134**
- 경기장의 이유 있는 변신, 스마트 스타디움   **135**
- 경기분석에서 스포츠 팬으로, 스포츠 연구의 변화   **136**
- 스포츠와 빅데이터의 만남으로 신기원을 열다!   **137**

에필로그   **140**

Part 1.
스포츠, 빅데이터로 날개를 달다

- 빅데이터, 108년간의 저주를 풀다
- 스포츠, 최첨단 ICT 기술로 더 큰 감동을 주다

Part 1.
스포츠, 빅데이터로 날개를 달다

한 나라의 올림픽 경기력을 알고 싶다면 눈을 들어 그 나라의 과학기술 수준을 보라는 말이 있다. 2016년 성황리에 막을 내린 리우올림픽에서도 다양한 나라의 선전 뒤에는 스포츠 과학이 숨어 있었다. 이른바 정보통신기술(**Information and Communication Technology, ICT**)과 스포츠의 만남이 본격화된 것이다. 특히 빅데이터(**BigData**)라고 불리는 대용량 데이터에서 의미 있는 정보를 추출하고 이를 선수의 기량과 경기력 향상에 응용하는 사례는 이제 우리 주변에서 어렵지 않게 접할 수 있다. 이에 스포츠 전반에 걸친 빅데이터 수집과 분석 그리고 이를 실제 경기에 활용하는 사례 등을 알아보고 그 속에 숨어 있는 **ICT** 기술의 현주소를 알아보고자 한다.

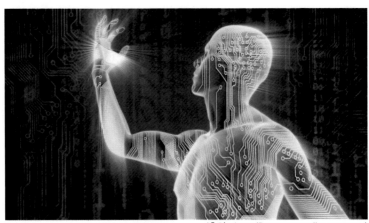

(출처 : http://businessintelligence.com)

빅데이터, 108년간의 저주를 풀다.

우리에게 '염소의 저주'로 잘 알려진 미국 메이저리그 시카고 컵스는 2016년 11월 3일 클리블랜드와의 월드시리즈 최종 7차전에서 승리하며 108년간 이어진 저주에서 풀려나게 된다.

시카고 컵스가 이러한 저주의 굴레에서 벗어나게 된 배경에 대해 당시 외신 언론들은 시카고 컵스 구단의 빅데이터에 대한 관심과 노력을 가장 큰 원인으로 지목한 바 있다. 바로 선수들의 동작을 촬영하고 기록해 **3D** 영상을 만들고 이를 전문 영상분석업체를 통해 빅데이터로 분석, 선수의 기량을 최고조로 끌어올리는 데 활용한 것이다. 이와 동시에 야구에 통계학과 수학적 알고리즘을 적용한 세이버메트릭스(**Sabermetrics**) 분석 전문가들 역시 구단을 최적의 선수단으로 만드는 데 커다란 역할을 했다는 평가다.

이렇게 염소의 저주와 관련된 일화만 보더라도 이미 스포츠 분야에서는 선수의 기량과 경기력 향상을 위해 빅데이터를 의미 있게 활용하는 사례들이 속속 생겨나고 있다.

운동 강도, 자세 효율성, 관절 각도, 회전율, 속도, 심박수 등 선수 상태를 측정하고 분석해 훈련에 적용, 경기 결과를 예측해 전략을 수립하는 데 이용하기도 한다. 특히 조정과 같이 풍향과 풍속, 온도 등 날씨와 환경의 영향을 많이 받는 종목의 경우 빅데이터에 대한 활용과 의존 범위를 크게 늘려 나가고 있다.

(출처 : http://kinatrax.com)

🏃 스포츠, 최첨단 ICT 기술로 더 큰 감동을 주다

하지만 과거의 경우처럼 승률, 타율, 방어율 등 단순한 기록 데이터만으로는 이러한 변화의 흐름을 따라가기에 역부족일 수밖에 없다. 때문에 스포츠라는 특수한 분야에서는 보다 섬세하고 역동적인 데이터를 수집하고 분석하는 것이 필요하게 됐고, 결국 지금의 **ICT** 기술의 힘을 빌리지 않을 수 없게 됐다. 바로 이러한 **ICT** 기술의 힘을 빌려 데이터를 수집하고 분석하는 기술을 일컬어 우리는 '빅데이터 기술'이라 말한다.

스포츠 분야에서 빅데이터 기술은 다양한 측정 기술, 각종 센서와 첨단통신기술의 발전과 더불어 놀라울 만큼의 속도로 방대한 양의 데이터를 체계적으로 수집하고 분석할 수 있게 만들어줬다. 더 나아가 최근에는 물리적 데이터를 넘어 선수의 감성(感性) 데이터까지 추출하는 기술이 국내 민간기업에 의해 개발돼 프로축구팀에 활용된 사례가 있을 정도로 스포츠 분야에서 빅데이터 기술은 다양하고 폭넓게 발전하고 있다.

그럼 최근 스포츠 분야에서 빅데이터를 기반으로 한 **ICT** 기술들은 주로 어떤 것들이 있을까. 먼저 사물인터넷(**Internet of Things, IoT**) 기술이라고 하는 데이터 수집 기술이다. 유의미한 정보를 얻기 위해 참고할 수 있는 데이터를 최대한 많이 수집하기 위해서는 측정 및 센서 기술이 뒷받침돼야 하는데, 이러한 정밀 데이터 측정 기술은 스포츠 분야에서 빅데이터 분석 활용의 가치를 극대화하는 데 가장 중요한 척도다.

IoT 기술은 동시에 **IoT**가 가능한 기기(**Device**)의 발전으로 이어진다. 옷, 밴드, 축구화, 무릎 보호대 등 웨어러블 기기를 이용해 신체 데이터를 실시간 측정하는 경우 외에도 공이나 야구 배트 등의 제조 시 이미 생산 단계에서 제품에 센서를 내장시켜 속도와 회전력 등의 물리적 데이터를 측정하는 경우도 있다. 심지어 고성능 카메라가 하나의 **IoT** 기기가 되는 경우가 있는데, 카메라가 촬영한 영상을 통해 사람의 특별한 움직임을 인지하고 이상행동 등을 감지하는 기술도 이미 널리 활용되고 있는 실정이다.

다음으로는 이렇게 수집된 데이터를 분석하고 지능화된 결과를 제시할 수 있는 인공지능(**Artificial Intelligence, AI**) 기술이다. **AI** 기술은 이미 프로바둑 기사 이세돌과 알파고의 경기로 인해 세간의 관심 분야로 떠오른 지 오래됐다.

인공지능이라는 말의 사전적 의미가 "인간의 학습능력과 추론능력, 지각
능력, 자연언어의 이해능력 등을 컴퓨터 프로그램으로 실현한 기술"(두산
대백과 사전)이듯이 이러한 지능을 갖기 위한 다양한 부가 기술이 모여 컴
퓨터 언어로 개발되고, 그 결과 인간의 뇌가 가지는 능력을 초월하는 판단
능력을 갖게 되는 것이다. 이러한 **AI** 기술은 스포츠에서 경기를 분석하고
전략을 수립하는 데 이용되며 경기 결과를 예측해 중요한 의사 결정을 하
도록 돕고 있다.

이 밖에 모바일로 대표되는 이동통신 기술과 근거리 통신기술의 발전, 데
이터 수집과 분석 소프트웨어 기술, **3D** 등 그래픽 기술, 가상현실(**Virtual
Reality, VR**)과 증강현실(**Augmented Reality, AR**) 등 최첨단 영상 기술
에 이르기까지 스포츠 분야에서 빅데이터 기반의 **ICT** 기술은 4차 산업 혁
명이라고 부르는 기술의 진보와 그 맥을 같이 하고 있다.

다음 **Part**부터는 앞서 언급한 스포츠 분야의 인공지능 및 빅데이터 활용
사례와 그 속에 숨어 있는 최신 **ICT** 기술에 대해 구체적으로 살펴보고자
한다.

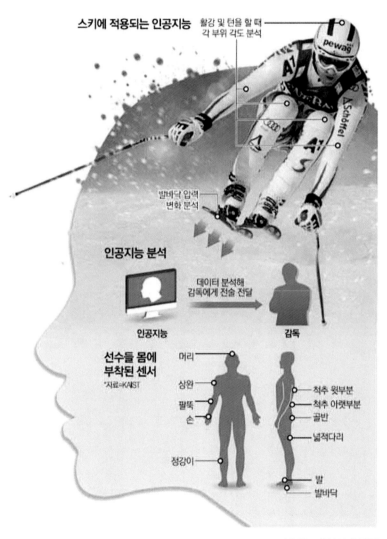

스키에 적용되는 인공지능
활강 및 턴을 할 때
각 부위 각도 분석

발바닥 압력
변화 분석

인공지능 분석

데이터 분석해
감독에게 전술 전달

인공지능   감독

선수들 몸에
부착된 센서
*자료=KAIST

머리
상완   척추 윗부분
팔뚝   척추 아랫부분
손   골반
              넓적다리
정강이
              발
              발바닥

(출처 : 매일경제신문)

🤼 [ICT 용어 이해하기]

정보통신기술, 情報通信技術,
Information and Communications Technology, ICT

정보통신기술은 보통 **ICT**라고 부르며, 정보기술(**IT**)에 대한 넓은 의미의 동의어로 사용되기도 하지만, 현대 정보기술의 통합 커뮤니케이션(통신), 전기통신(전화선과 무선 신호)의 결합, 지능형 빌딩 관리 시스템 및 시청각 시스템의 역할을 강조하기 위해 일반적인 용어로 사용된다. 정보통신기술은 컴퓨터와 네트워크 하드웨어, 통신 미들웨어뿐만 아니라 필요한 소프트웨어를 포함하여, 정보처리 및 통신을 지원하는 데 사용되는 모든 기술 수단으로 구성된다. 다시 말해, 정보통신기술은 정보기술(**IT**) 뿐만 아니라, 전화 통신, 전파(방송) 매체, 모든 유형의 오디오와 비디오 처리, 전송 그리고 네트워크 기반 제어 및 모니터링 기능으로 구성된다.

빅데이터, BigData
다양하고 복잡한데다 양도 많아 제대로 관리하기 어려운 데이터.

한마디로 감당하기 힘들 만큼 덩치가 큰 데이터라 하겠다. 정보통신기술이 발달하면서 일정한 형태를 갖추거나 갖추지 않은 정보(데이터)가 기하급수로 늘어나 인터넷 여기저기에 쌓인 결과다. 2011년 세계 디지털 공간에서 생성된 정보량이 1.8제타바이트(**ZB**)로 추산됐다. 두 시간짜리 고선명(**HD**) 영화 2000억 편을 4700만 년간 볼 수 있는 양이다. 5000만여 한국

국민이 1분마다 소셜네트워크 사이트(**SNS**)에 글을 세 개씩 18만 년간 올리는 양이기도 하다. 실로 가늠하기 어려운 분량이다. 2020년께 관리할 정보량이 2011년보다 50배나 늘어날 것이라 하니 그야말로 빅 데이터 시대가 올 전망이다. 관건은 빅데이터를 잘 다룰 방안을 찾는 것. 방대한 데이터를 제대로 분석해 미래 사회의 불확실성을 없애는 게 중요하다는 얘기다. 불확실성을 없애 예측 가능성을 높이면 공공복리는 물론이고 민간의 사업 기회까지 넓힐 것으로 기대된다. 구체적으로 매킨지는 빅데이터를 이용한 미국 원격 의료(헬스케어) 시장의 잠재적 매출이 300조 원에 이를 것으로 보았다. 빅데이터를 활용한 유럽연합(**EU**) 공공 부문의 잠재적 매출도 380조 원에 달할 것으로 예측됐다. 빅 데이터에 관심을 기울이는 기업이 늘어나고, 공공 부문 정보를 더 많이 공개하라는 요구가 분출하는 이유다. 데이터가 곧 경제 자산인 시대가 눈앞에 다가왔다.

Part 2.
인공지능(AI), 인간을 뛰어 넘다

- **인간 능력을 뛰어넘다**
- **스포츠 전문 분야로 파고들다**
- **경기장 심판 자리까지 꿰차다**
- **선수 코칭을 대신하다**

Part 2.
인공지능(AI), 인간을 뛰어 넘다

알파고가 전 세계를 충격에 빠트린 지 만 7년이 넘었다. 바야흐로 인공지능의 시대가 도래했음을 알리는 혁명적인 신호탄이었다. 기계적 학습에 의한 패턴인식기술의 발전으로 스포츠 분야에서도 인공지능을 통해 많은 변화가 일어날 전망이다. 특히 경기 분석과 선수 기량 향상 측면에서 인공지능은 이미 많은 변화를 가져왔으며, 앞으로 이 변화의 속도는 더욱 빨라질 것이다. 이른바 '로봇 감독', '로봇 심판'의 탄생을 예고하고 있다.

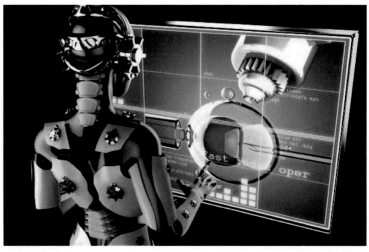

(출처 : 한국스포츠개발원)

🏃 인간 능력을 뛰어넘다

"롯데는 사직구장에서 열린 넥센과의 2016 타이어뱅크 **KBO**리그에서 넥센에게 5:4로 진땀승을 거두었다. 넥센을 주저앉게 만든 롯데의 오늘 기록은 11안타 1홈런이다. 롯데는 0:0으로 경기 중이던 1회말, 첫 득점 적시타를 뽑아낸 황재균이 시작이었다. 이후 최준석이 활약해서 롯데의 승리를 합작해냈다. 넥센도 4점을 내면서 롯데를 추격했지만, 경기를 뒤집기에는 역부족이었다."

(출처 : https://www.facebook.com/kbaseballbot)

위는 페이스북에서 운영되고 있는 '프로야구 뉴스로봇' 페이지에서 발췌한 기사의 일부 내용이다. 바로 인공지능의 기술이 스포츠 영역에 활용된 대표적인 사례라 할 수 있다. 흥미로운 점은 위의 기사와 실제 기자에 의해 작성된 기사를 동시에 일반인들에게 보여줬을 때 상당수가 작성 주체를 구분해 내지 못했다는 사실이다. 심지어 뉴스로봇에 의해 작성된 기사에 더 많은 신뢰감을 보였다는 설문 결과도 있다. 이는 인공지능 기술의 발전 수준이 인간의 능력을 점차 뛰어넘고 있음을 단적으로 보여준다.

🏃 스포츠 전문 분야로 파고들다

인공지능(**AI**)은 '**Artificial Intelligence**'의 약자로 인간의 학습능력, 추론 능력, 지각능력, 자연언어의 이해능력 등을 컴퓨터 프로그램으로 실현한 기술을 말한다. 전문가들에 의해 오랜 시간에 걸쳐 만들어진 지식 체계와 판단 능력을 갖춘 인공지능은 스포츠 분야에도 적용돼 단순한 도움을 넘어 주요한 역할까지 대신한다. 바로 인공지능에 의한 스포츠 심판, 코칭, 훈련 전략 수립, 경기 예측과 분석 등이 대표적인 사례라 할 수 있다.

스포츠 인공지능 기술은 선수의 움직임, 경기 기록, 훈련 결과 등 다양한 데이터를 수집·분석해 지능화된 결과를 제시하는 빅데이터 분석 기술을 바탕으로 한다. 그리고 영상분석기술, 자연어처리기술, 진단과 판단기술 등 다양한 부가기술과 함께 발전하고 있다. 이러한 기술 발전으로 스포츠 분야에 인공지능이 실제 적용된 사례와 이를 통해 기대 이상의 결과를 낳은 사례는 국내 경기뿐만 아니라 월드컵, 올림픽 등 국제 경기에서도 어렵지 않게 찾을 수 있다.

🏃 경기장 심판 자리까지 꿰차다

인공지능 기술이 발달함에 따라 사람들은 로봇에 의해 일자리를 빼앗길 수 있다는 위기감을 갖게 됐다. 경제협력개발기구(**OECD**)의 '일자리의 미래' 정책 브리프에 따르면 스포츠 심판은 자동화가 쉬운 '중간 숙련 일자리'로, 로봇에 의해 인간을 대체할 가장 개연성 높은 직업군으로 선정됐다. 따라서 정확한 데이터만 수집할 수 있다면 로봇 심판으로 인해 오심에 대한 논쟁이 사라지게 되고 심판 판정에 불복하는 사례도 줄어들게 된다.

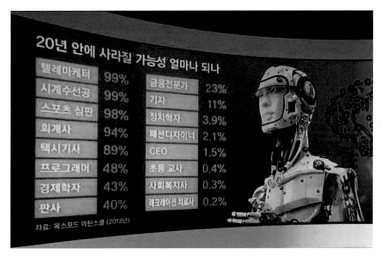

(출처 : JTBC 뉴스룸)

이미 인공지능 심판이 활용되고 있기도 하다. 2015년 미국의 지역리그 구단인 샌 라파엘 퍼시픽스(**San Rafael Pacifics**)에서 도입한 '피치 **F/X**시스템'이 그것이다. 3대의 카메라를 장착, 투수가 던지는 공의 궤적과 속도 데이터를 측정해 스트라이크 존에 들어왔는지의 여부를 판정하는 시스템으로, 현재 방송 중계용으로 쓰이고 있다. 물론 아직은 초기 단계이지만 이러한 인공지능 로봇에 음성 기술이 더해진다면 로봇이 스포츠 경기장에서 직접 심판을 보는 상상도 곧 현실이 되지 않을까 싶다.

(출처 : Sportvision.com)

🏃 선수 코칭을 대신하다

다음은 인공지능에 의한 코칭 시스템 사례다. 2014년 브라질 월드컵에서 독일 대표팀이 활용한 **SAP**의 '매치 인사이트(**Match Insights**)' 시스템을 들 수 있다. 독일은 상대팀의 전력 분석에도 이 시스템을 사용해, 24년 만에 천적인 이탈리아를 누르고 월드컵 우승을 차지한다. 매치 인사이트 시스템은 사물인터넷(IoT) 기술과 인공지능 기술이 만나 실시간 데이터를 수집·분석하고 다양한 분석 결과를 감독과 코치진의 태블릿PC에 전송해 실제 경기에 활용할 수 있도록 했다. 이 기술은 선수의 컨디션 파악, 선수 간 기술 비교, 팀워크 향상, 훈련 전략 수립 등 전반적인 경기력 향상에 다각도로 활용됐다.

세계적 IT 기업 가운데 스포츠 분야에 인공지능 기술을 적용한 사례는 SAP 이외에도 Oracle의 'Early Warning System', IBM의 'SlamTracker' 등이 있다. 이는 실제 FIFA, 윔블던 테니스 대회에 각각 적용된 바 있다.

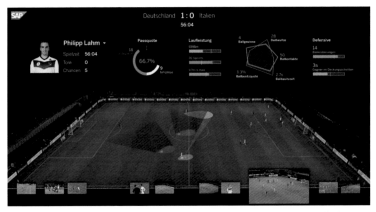

(출처 : SAP)

지금 이 순간에도 만들어지고 있는 더 발전되고 있는 스포츠 인공지능 기술. 다양하고 재미있는 사례는 다음 Part에서도 계속된다.

🏃 [ICT 용어 이해하기]

인공지능, 人工知能, Artificial Intelligence, AI

컴퓨터로 구현한 지능 또는 이와 관련한 전산학의 연구 분야.

인공지능은 사람 또는 동물의 지능이 컴퓨터로 모사될 정도로 세밀하고 정확하게 표현될 수 있다는 생각에 기반을 둔다. 지능에 대한 정의와 마찬가지로 인공지능에 대해서도 다양한 정의가 존재한다. 인공지능의 방법과 관련된 탐색, 논리 및 추론, 지식 표현, 계획, 학습 등 세부 분야에 대한 연구가 진행되고 있고, 자연어 처리, 컴퓨터 비전 및 패턴 인식, 로보틱스 등의 분야에서 응용된다.

최초의 인공지능 연구로 1943년 워렌 맥컬로치(**Warren McCulloch**)와 월터 피츠(**Walter Pitts**)가 제안한 인공 뉴런(**neuron**) 모델을 들 수 있다. 인공지능이라는 용어는 1956년 미국 다트머스 대학(**Dartmouth College**)에서 열린 워크숍 제안서에서 존 매카시(**John McCarthy**)가 처음 공식적으로 사용하였다.

1950-60년대 초창기의 인공지능 연구는 정리(**theorem**) 증명과 게임 등의 분야에서 놀라운 성과를 거두었으나, 이후 과도한 기대에 따른 실망과 쇠퇴, 그리고 새로운 모델 및 이론의 개발 등이 반복되었다. 1970-80년대에는 전문가 시스템(**expert system**)에 대한 연구가 활발하였으며, 1980

년대 중반 역전파 알고리즘(**backpropagation algorithm**)의 재발견 이후 인공 신경망(**ANN: Artificial Neural Network**) 모델에 대한 연구가 활발해졌다. 1990년대의 인공지능 연구는 통계학, 정보 이론, 최적화 등 다양한 분야의 방법들을 활용하게 되었으며, 학습 이론 등 굳건한 이론적 토대를 갖추게 되었다.

2000년대 들어 대규모 데이터를 이용한 기계학습이 활발히 연구되었으며, 체스, **TV** 퀴즈 쇼 참가 및 운전 등의 작업에 적용한 인공지능 기술이 사람과 대등하거나 더 우수할 수 있음을 입증하였다. 2010년대 이후 컴퓨터 하드웨어와 학습 알고리즘의 발달은 심층 기계학습(**deep learning**) 모델의 구축을 가능케 하였으며, 이에 기반해 바둑 및 사진상의 객체 인식(**object recognition**) 등에서 사람보다 뛰어난 컴퓨터 프로그램이 개발되었다.

현재 인공지능 연구는 음성 인식, 바둑 등 특정한 분야에서 좋은 성과를 보이고 있으나, 아직 사람과 같은 지능을 갖추지는 못하고 있다. 예를 들어, 사람과 대화하며 동시에 바둑도 둘 수 있는 인공지능 에이전트는 아직 개발되지 못하였다. 한편, 특정한 작업에만 적용될 수 있는 인공지능 시스템이 아니라, 생각하고, 학습하고, 창조할 수 있는 범용 기계를 만드는 것을 목표로 하는 사람 수준(**human-level**) 인공지능 또는 범용 인공지능(**AGI: Artificial General Intelligence**)에 대한 연구도 이루어지고 있다.

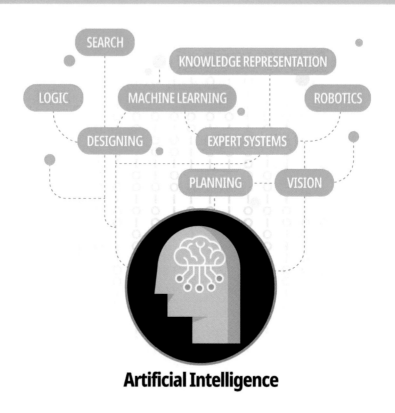

Artificial Intelligence

로봇저널리즘, Robot Journalism

컴퓨터 소프트웨어(**SW**)를 활용해 기사가 자동 작성되는 저널리즘을 말한다. 로봇저널리즘에 사용되는 **SW**는 인터넷상에서 각종 정보를 수집하고 정리한 뒤 알고리즘을 통해 이를 분류하고 의미를 해석, 기사를 작성한다. '로봇저널리즘(**Robot Journalism**)'을 이용하면 10달러 이하 비용으로 단신 기사 한 건을 1초 안에 쓸 수 있다.

이렇게 작성된 기사는 사람이 쓴 기사보다 정확하고 객관적이며, 재가공하기도 쉽다. 미국 'LA타임스', '로이터', '포브스' 등 언론사는 로봇저널리즘을 활용해 지진·스포츠·금융·날씨 관련 속보와 단신 기사를 제작한다. 국내에서는 '이준환' 서울대학교 언론정보학과 교수 연구팀이 로봇저널리즘을 활용한 '프로야구 뉴스 로봇'의 페이스북 페이지를 운영하고 있다. 일본 도쿄대학교 인텔리전트시스템인포메틱스(ISI) 연구소는 자동으로 주변 환경을 탐사하고 찾아낸 것을 보도할 수 있는 '저널리스트 로봇'을 개발했다고 밝혔다. 이 로봇은 주변 변화를 탐색하고 보도에 적절하다고 판단되면 장착된 카메라로 촬영한다. 인근에 있는 사람에게 정보를 얻기 위한 질문을 할 수도 있고, 좀 더 많은 관련 정보를 위해 인터넷 검색도 이용할 줄 안다. 뉴스 가치가 있다고 판단되면 로봇은 짧은 기사를 쓰고 인터넷에 그것을 올린다. 로봇저널리즘이 세간의 이목을 받게 된 것은 스타트업 '내러티브사이언스'의 공이 컸다. 내러티브사이언스는 미국 노스웨스턴대학교 지능정보랩의 학술 프로젝트 '스태츠몽키(StatsMonkey)'에서 시작됐다. 스태츠몽키는 스포츠 게임 데이터를 수집해 자동으로 기사를 완성하는 프로그램이다. 이 프로젝트에 참여한 연구진들이 뭉쳐 노스웨스턴대학교 로부터 관련 특허와 라이선스를 획득한 뒤 내러티브사이언스라는 회사를 2010년에 설립했다. 로봇저널리즘은 같은 형식에 수치만 바꾼 기사를 1초 단위로 빠르게 찍어낸다. 기존 언론사들이 가진 노하우와 기술이 곁들여지면 로봇 기자가 지금보다 더 넓은 저널리즘 세계를 열 수 있을 것이라는 분석도 나오지만, 부작용에 대한 우려도 여전하다. 로봇저널리즘은 국립국어원이 2015년 3월에 발표한 2014년 신어로 선정되기도 했다.

(출처 : 한국정보통신기술협회 정보통신 용어사전)

Part 3.
인간과 스포츠 로봇의 빅매치

- 바둑에서는 알파고, 골프에서는 엘드릭
- 세계 최고 선수에게 도전장을 던진 탁구 로봇
- 축구 천재 메시와 골키퍼 로봇 간 세기의 대결
- 현실 가까이 다가온 미래 스포츠

Part 3.
인간과 스포츠 로봇의 빅매치

"언젠가는 기계가 직접 체스를 둘 수 있을 거예요"

인공지능 시대를 이미 60여 년 전에 예견한 사람이 있다. 바로 영국의 천재 수학자이자 컴퓨터 과학자인 앨런 튜링(**Alan Turing**, 1912-1954)이라는 사람이다. 우리에게는 이미테이션 게임(**The Imitation Game**, 2014)이라는 실화를 바탕으로 한 영화의 실제 인물로 잘 알려져 있다.

그는 1950년 발표한 자신의 논문에서 '사람의 지능을 모방하여 스스로 학습하는 기계'를 최초로 상상했던 사람이다. 이러한 앨런 튜링의 예견은 인간의 뇌를 닮은 인공지능과 이러한 인공지능을 가진 로봇을 개발하는 것으로 이미 현실이 되어 가고 있다. 현대에는 정보기술의 여러 분야에서 인공지능적 요소를 도입하여 활용하려는 시도가 매우 활발하게 이루어지고 있다. 특히 스포츠 분야에서 최근 다양한 인공지능이 탑재된 '스포츠 로봇'들이 탄생하면서 오랫동안 숙련된 운동선수의 기량을 뛰어넘는 사례들이 속속 등장하고 있다.

(출처 : menkoi.tistory.com)

🏃 바둑에서는 알파고, 골프에서는 엘드릭

2016년 3월, 인공지능 로봇 알파고와 세계 정상 프로 바둑기사 이세돌과의 5회 공개 대국에서 알파고가 최종 전적 4승 1패로 승리해 인류가 충격에 휩싸인 바 있다. 그 시기 프로골프(**PGA**) 투어 피닉스오픈이 열린 미국 애리조나주에서는 인공지능이 탑재된 '엘드릭(**LDRIC**)'이라는 로봇이 당시 16번 홀에서 다섯 차례의 시도 만에 홀인원에 성공하는 이변을 일으킨 사건이 있었다.

(출처 : YouTube 영상 캡처)

보통 골프에서 아마추어 골퍼가 홀인원을 할 확률은 12000분의 1, 프로골
퍼가 홀인원을 할 확률이 약 3000분의 1이라고 볼 때 놀랍고 경이로운 사
건이 아닐 수 없다. 물론 정식 경기가 아닌 대회 오픈 이벤트로 진행된 결
과이긴 하지만 스윙 스피드와 스윙 궤도 등에서 인간의 능력을 압도하는
정확도를 보여줬다. 또 날아가는 골프공의 방향, 탄도, 거리 계산 등 기계
가 보여줄 수 있는 최상의 퍼포먼스를 여과 없이 드러냄으로써 스포츠와
과학 분야에서 일대 화제가 된 사건으로 기록되고 있다.

(출처 : YouTube 영상 캡처)

🏃 세계 최고 선수에게 도전장을 던진 탁구 로봇

독일의 유명 로봇회사에서 개발한 탁구 로봇 아길러스(**AGILUS**)는 그동 안 탁구선수들이 단순히 연습 상대로 이용해왔던 보조 도구로서의 로봇 이 아니다. 유럽에서 1, 2위를 다투는 최고의 선수에게 도전장을 내고 맞 대결을 펼친 최첨단 인공지능 로봇이다.

독일의 티모 볼(Timo Boll)은 세계 랭킹 9위의 선수이자 유럽에서는 1, 2위를 다투는 세계 최고의 기량을 가진 선수로, 2012년 런던올림픽 단체전 동메달리스트이기도 하다. 그에게 도전장을 던진 아길러스는 독일 최대 로봇 기업 쿠카(KUKA) 로보틱스가 제작한 산업용 로봇으로, 지구상에서 가장 빠른 스피드를 자랑하는 로봇으로 알려져 있다.

그럼 이 둘의 경기 결과는 어땠을까? 최종 경기 결과는 11-9로 티모 볼 선수가 2점 차이로 승리하면서 경기는 끝이 난다. 하지만 아길러스는 기계학습(Machine Learning) 기술로 볼의 방향과 궤도에 따른 볼의 착지 위치를 미리 예측해 스윙을 하는 정밀함을 보여줬다. 또한 세계 최고 선수의 스피드와 강한 회전을 받아내며 완벽에 가까운 기량을 보여줘 많은 이들을 놀라게 했다. 승패와 관계없이 큰 의미를 남긴 경기였다.

(출처 : YouTube 영상 캡처)

(출처 : YouTube 영상 캡처)

🤸 축구 천재 메시와 골키퍼 로봇 간 세기의 대결

축구에서도 인간과 인공지능 로봇 간의 승부가 있었다. 바로 아르헨티나의 축구 천재 리오넬 메시(**Lionel Messi**)와 인공지능 로봇 골키퍼, 일명 골파고의 한판 대결이 그것이다. 2013년 열린 이 대결에서 골파고는 메시의 시속 130km가 넘는 강 슈팅을 쉽게 막아냈고, 메시는 여러 차례의 도전 끝에 간신히 골을 넣을 수 있었다. 축구에서 이러한 강 슈팅을 막아 내기 위해서는 순발력과 빠른 판단력이 중요한데, 골파고의 눈에는 사전에 학습된 인공지능 카메라가 달려 있어 날아오는 공의 궤적과 속도에 따른 공의 낙하지점을 미리 예측해 막아낼 수 있었던 것이다.

이 역시 앞서 언급했던 기계학습(**Machine Learning**) 기술이 적용된 사례. 기계학습이란 인공지능의 한 분야로서 '새로운 정보를 학습하고, 습득한 정보를 효율적으로 사용할 수 있는 능력과 결부시키는 지식 습득' 또는 '작업을 반복적으로 수행함으로써 결과를 얻어내는 기술의 개선 과정'이다. 즉 사람이 학습하듯이 컴퓨터도 지속적이고 반복적인 데이터를 통해 학습하게 함으로써 새로운 지식으로 '판단'할 수 있게 만드는 컴퓨터 기술 분야라고 할 수 있다.

이 밖에 인간 번개 우사인 볼트(**Usain Bolt**)를 긴장시킨 치타 로봇, 배드민턴 로봇도 있다. 이 같은 인간의 한계와 능력을 뛰어넘으려는 기계 로봇의 도전은 바로 딥러닝(**Deep Learning**)으로 대표되는 기계학습 기반 인공지능 기술의 발전에 힘입어 놀라운 속도로 발전하고 있다.

(출처 : 중국의 국영 통신사, 신화통신사(新華通訊社))

🏃 현실 가까이 다가온 미래 스포츠

4차 산업혁명은 빅데이터, 인공지능, 사물인터넷, 모바일, 클라우드 서비스 등 정보통신기술(**ICT**)에 힘입어 다양한 센서와 복잡한 데이터를 융복합하고 '초연결', '초지능'의 사회로 접어드는 패러다임의 변화를 의미한다. 스포츠 분야도 이러한 4차 산업혁명의 커다란 흐름 속에 인공지능 로봇을 이용해 선수와 코치 등 인간의 능력을 대체하거나 때론 증대시키는 새로운 변화의 시대에 진입했다. 즉 천재 과학자 앨런 튜닝의 예견처럼 인공지능과 로봇의 정확함(**Accuracy**)과 인간의 감수성(**Sensibility**)이 조화를 이루는 미래의 스포츠(**Sports of Future**)는 이미 우리 곁에 와 있다.

[ICT 용어 이해하기]

기계학습, 機械學習, Machine Learning, ML

컴퓨터 프로그램이 데이터와 처리 경험을 이용한 학습을 통해 정보 처리 능력을 향상시키는 것 또는 이와 관련된 연구 분야.

기계학습은 자율 주행 자동차, 필기체 문자 인식 등과 같이 알고리즘 개발이 어려운 문제의 해결에 유용하다. 대부분의 기계학습은 다수의 파라미터로 구성된 모델을 이용하며, 주어진 데이터로 파라미터를 최적화하는 것을 학습이라고 한다. 기계학습은 학습 문제의 형태에 따라 지도 학습(**supervised learning**), 비지도 학습(**unsupervised learning**) 및 강화 학습(**reinforcement learning**)으로 구분한다.

지도 학습(**supervised learning**)은 입력과 출력 사이의 매핑을 학습하는 것이며, 입력과 출력 쌍이 데이터로 주어지는 경우에 적용한다. 예를 들어 컴퓨터가 주차장 입구에서 자동차 번호판을 인식할 때 번호판이 오염된 경우 제대로 인식하지 못할 수 있다. 이 경우 다양하게 오염된 번호판 사례와 정상 번호판을 각각 입력과 출력 쌍으로 학습시켜 번호판 인식률을 높일 수 있다.

비지도 학습(**unsupervised learning**)은 입력만 있고 출력은 없는 경우에 적용하며, 입력 사이의 규칙성 등을 찾아내는 게 목표이다. 비지도 학습 결과는 지도 학습의 입력으로 사용되거나, 인간 전문가에 의해 해석된다.

강화 학습(**reinforcement learning**)은 주어진 입력에 대응하는 행동을 취하는 시스템에 대해 적용하며, 이러한 시스템의 예로 로봇이나 게임의 플레이어 등을 들 수 있다. 강화 학습에서는 지도 학습과 달리 주어진 입력에 대한 출력, 즉 정답 행동이 주어지지 않는다. 대신 일련의 행동의 결과에 대해 보상(**reward**)이 주어지게 되며, 시스템은 이러한 보상을 이용해 학습을 행한다. 현재 기계학습은 검색 엔진, 기계 번역, 음성 인식, 바둑, 과학 연구와 같은 다양한 분야에 적용되고 있다.

딥러닝, 심층 기계학습, 深層機械學習, Deep learning

일반적인 기계학습 모델보다 더 깊은 신경망 계층 구조를 이용하는 기계학습.

주로 여러 개의 은닉층(**hidden layer**)으로 구성된 인공 신경망을 활용한다. 은닉층 수가 많아질수록 '깊다(**deep**)'라고 표현하며, 깊은 계층 구조는 얕은 구조에 비해 복잡한 함수를 효율적으로 표현할 수 있다. 심층 기계학습(**deep learning**)은 문제를 해결하기 위해 스스로 필요한 특징을 찾아 적절하게 표현(**feature representation**)하는 학습 능력이 뛰어나, 사진에서의 개체 인식, 기계 번역, 바둑 등의 분야에서 기존의 기계학습 모델을 뛰어 넘는 성능을 보이고 있다.

대부분의 기계학습 모델은 세 개 이하의 계층 구조로 되어 있는 반면, 심층 기계학습 모델은 더 많은(깊은) 계층 구조로 되어 있다. 이러한 구조는 동물의 시각 피질(**visual cortex**)을 모사한 것이다.

다양한 심층 기계학습 모델이 존재하나 인공 신경망의 한 종류인 심층 신경망(**DNN: Deep Neural Network**)이 널리 활용되고 있다. 심층 신경망 중에서도 콘볼루션 신경망(**CNN: Convolutional Neural Network**), 심층 순환 신경망(**deep recurrent neural network**), 심층 오토인코더(**deep autoencoder**) 등이 대표적으로 활용된다.

심층 기계학습은 1980년대 인공 신경망의 연구가 다시 활성화되면서 시도되었으나, 1990년대에 제안된 심층 콘볼루션 신경망을 제외하고는 성공을 거두지 못하였다. 2006년 제프리 힌튼(**Geoffrey Hinton**)은 심층 신념망(**deep belief network**)의 학습 알고리즘을 제안하였으며, 이후 컴퓨터 하드웨어의 발달, 효율적인 학습 방법의 개발, 빅 데이터를 바탕으로 다양한 심층 기계학습 모델들이 개발·사용되고 있다.

현재 심층 기계학습은 컴퓨터 비전 및 패턴 인식, 자연어 처리를 비롯한 다양한 분야에서 기존의 기계학습 모델에 비해 혁신적으로 성능이 개선되었다.

(출처 : 한국정보통신기술협회 정보통신 용어사전)

Part 4.
스포츠, VR로 다시 태어나다

- 현장의 생생한 감동 그대로, Live VR
- 실감 체험형 교육 플랫폼, Interactive VR
- 훈련을 실전처럼, Training VR

Part 4.
스포츠, VR로 다시 태어나다

우리는 보통 4차 산업혁명을 '초실감', '초연결', '초지능'이라는 3超 기반 기술로 이야기한다. 특히 여기서 초실감이라는 의미는 현실세계 보다 더욱 더 사실감 있게 구현되는 경우를 말하며, 대표적인 기술로 가상현실(**VR**), 증강현실(**AR**), 홀로그램(**Hologram**)이 있다. **VR**은 오래전부터 활용된 기술이기는 하나 최근 빅데이터 수집과 분석 그리고 실시간 라이브 **VR** 중계, 인터랙티브 체험 **VR** 서비스 등 보다 진일보된 모습으로 변화하고 있고, 스포츠의 다양한 영역에 폭넓게 활용되고 있다.

현장의 생생한 감동 그대로, Live VR

가상현실 방송 전문업체 넥스트**VR**은 이미 2015년 9월 세계 최초로 **VR** 축구 생중계의 기록을 세운 바 있다. 경기장에 가지 않아도 어디서나 나만의 가상 라운지에서 생중계로 결기를 시청할 수 있게 된 것이다. 넥스트**VR**은 이 밖에도 골프대회 **US**오픈 경기, 맨체스터유나이티드 축구 경기, 미국 **NBA** 경기 등 다양한 스포츠 경기를 **VR**로 생중계함으로써 **VR**이 단순히 현실세계 밖의 가상현실이 아닌 스포츠 현장의 생생한 영상을 중계하는 방송 플랫폼이 될 수 있음을 입증했다.

이와 같이 **VR** 서비스에서 최근 각광받고 있는 분야가 바로 스포츠 생중계 서비스다. 넥스트**VR**의 실시간 스포츠 중계 서비스에 이어 다양한 종목에서 **VR** 실험들이 이뤄지고 있다. 클라우드 기반의 동영상 솔루션 제공업체 **OTOY**는 지난 2월 미국 프로 아이스하키 리그 **NHL**의 경기를 VR로 제공한 바 있다. 골대에서 바라본 360° 경기 장면, 벤치의 모습 등을 다양하게 담아냈다. 특히 화면의 레티클 커서(**Reticle Cursor**)를 이용해 화면 정면, 좌측, 우측, 후면의 영상과 정보를 선택 시청할 수도 있고 줌 인·아웃 기능을 통해 **VR** 영상의 생동감과 입체감을 더했다.

(출처 : Livelikevr.com)

(출처 : Livelikevr.com)

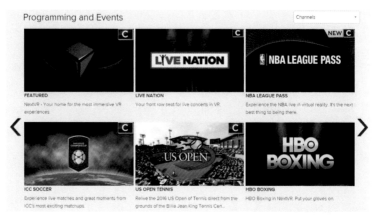

(출처 : nextvr.com)

(출처 : nextvr.com)

실감 체험형 교육 플랫폼, Interactive VR

최근 대기오염과 불규칙한 날씨 등으로 인해 실외체육보다는 실내체육의 수요가 늘어나고 있지만 정작 학교 현장에서는 체육시설 등의 부족으로 많은 어려움을 겪고 있다. 이러한 문제를 해결하는 데 실감 체험형 VR은 하나의 대안으로 부상하고 있다.

지난 2015년 8월에 시작하여 오는 2019년 7월까지 4년간 진행되는 문화체육관광부와 국민체육진흥공단 주관 스포츠교육융합플랫폼 기술개발 사업은 이러한 수요를 지원하기 위해 추진되는 대표적인 사례라고 할 수 있다. 이 플랫폼은 첨단 ICT기반 다양한 기술과 VR을 통해 스포츠를 체험하고 자세 교정 등을 지도받을 수 있도록 개발되었다. 예를 들어 학생들은 이곳에서 실내 스크린상의 가상 목표물에 공을 차거나 던져서 맞추는 활동, 태권도 동작을 분석해 자세를 교정하는 활동 등을 진행하게 된다. 본 기술개발 사업은 2016년 6월 서울 옥수초등학교 VR체험실에 시범 적용해 기술 테스트를 실시한 바 있고, 그해 7월 1차 연구개발을 완료했다.

이러한 교육적 목적의 VR 서비스는 학교 현장뿐만 아니라 도심형 테마파크 형태로도 만들어져 각종 경주나 익스트림 스포츠의 박진감과 스릴을 극대화하는 체험시설로 자리 잡아가고 있다. 경기 하남 스타필드의 '스포츠몬스터', 인천 밸런스 파크 '스포츠빌리지', 국립대구과학관 'ICT 융합스포츠체험관' 등에 적용돼 학생뿐만 아니라 실내스포츠를 즐기는 일반 소비자들에게도 큰 호응을 얻고 있다. 이곳에서는 **3D**와 **VR** 기술을 활용한 레이싱, 승마, 야구, 축구, 클레이 사격 등 다양한 스포츠 종목에서 실제 운동선수의 기분을 느끼고 리얼한 체험을 경험할 수 있다.

(출처 : 문화체육관광부)

(출처 : 문화체육관광부)

🏃 훈련을 실전처럼, Training VR

미국 프로스포츠에서는 선수들 훈련에 **VR**을 본격 도입하기 시작했다. 미국 6개 **NFL**(미식축구리그)팀과 12개 대학 풋볼팀은 스트라이브이알(**STRIVR**) 기술을 훈련에 활용하고 있다. 특히 기상 악화로 인해 외부 훈련이 어려울 때는 실내에서 **VR**을 이용해 가상현실 속 공격과 패스를 하며 실제 훈련을 하는 듯한 효과를 얻을 수 있다. 더욱이 부상을 입을 확률이 적기 때문에 많은 프로팀에서 이를 훈련에 활용하고 있다.

이온스포츠(**EON SPORTS**) 역시 **NFL**, 야구팀에 **VR** 훈련프로그램을 제공하는 기업이다. 실제 모의훈련 경기 때 360° 카메라를 선수 머리에 장착하고 기록된 영상을 바탕으로 실내 훈련용으로 활용하는데, 포지션별 선수들에게 각각 카메라를 부착해 다양한 시점에서 훈련에 임할 수 있도록 했다.

또 실시간으로 경기 전략을 세우는 데에도 이러한 카메라와 **IoT**(사물인터넷) 기기를 통해 수집된 데이터가 큰 도움을 주기 때문에 일석이조의 효과를 보고 있다.

(출처 : EON SPORTS)

(출처 : STRIVR.com)

(출처 : Icaros GmbH)

이 밖에도 최근에는 현실의 스포츠를 **VR**로 단순 재현하는 것이 아닌 **VR**만이 줄 수 있는 독특한 느낌을 살리도록 **VR** 전용 스포츠를 개발하는 방향으로 진행이 되고 있다. 이카로스(**Icaros GmbH**)라는 이름의 피트니스 머신과 드론 레이싱이 대표적인 예가 되겠다. 이들은 게임과 운동을 동시에 한다는 발상에서 시작된 사례로, 앞으로는 가상현실 기기와 더불어 각종 익스트림 스포츠를 실내 어디서나 즐길 수 있게 됐다.

[ICT 용어 이해하기]

가상현실, 假想現實, Virtual Reality, VR

인간의 상상에 따른 공간과 사물을 컴퓨터에 가상으로 만들어, 시각, 청각, 촉각을 비롯한 인간 오감을 활용한 작용으로 현실 세계에서는 직접 경험하지 못하는 상황을 간접으로 체험할 수 있도록 하는 기술.

사람이 현실 세계에서 경험하기 힘든 여러 가지 상황을 가상 세계의 아바타를 통해 실제처럼 경험할 수 있기 때문에 게임, 교육, 국방, 의료를 비롯한 여러 가지 산업 분야에서 활용된다. 최초의 가상현실 시스템은 1968년 컴퓨터 그래픽스 창시자인 이반 서덜랜드(**Ivan Sutherland**) 교수가 만든 머리 착용 디스플레이(**HMD: Head-Mounted Display**)라고 알려져 있다 (**A head-mounted three dimensional display, Proceedings of AFIPS 68, pp. 757-764, 1968**).

(출처 : 한국정보통신기술협회 정보통신 용어사전)

Part 5.

현실과 가상의 절묘한 조화 AR

- 라이딩과 게임을 동시에, AR 고글
- 스마트한 안경으로 보는 놀라운 세계
- 현실 세계와 가상 세계를 넘나드는 MR

Part 5.
현실과 가상의 절묘한 조화 AR

영화 속 배경으로 등장한 장소를 지나치다 스마트폰을 비췄더니 실제 주인공이 나타난다. 이는 **AR(Augmented Reality)** 기술로 가능해진 일상의 장면이다. 동화책을 읽다가 스마트기기를 비췄더니 책 속 동물이 살아 움직였다면 이 역시 **AR** 기술이 적용된 사례다. 전 세계적으로 화제가 되었던 포켓몬고 게임은 현실 세계에 가상 캐릭터를 융합하여 보여주는 기술로, **AR** 기술의 대표적인 성공 사례라 할 수 있다. **AR**은 순전히 가상현실을 기반으로 하는 **VR**과 달리 현실 세계에 새로운 정보를 보여주거나 보이지 않는 대상을 투영 시켜주는 등 현실 세계를 확장하는 기술이다. 이러한 **AR**은 게임 뿐만 아니라 영화, 교육, 자동차, 의학 등 다양한 분야에서 활용되고 있고, 최근 스포츠 분야에서도 적극적인 활용과 성공 사례를 만들어 가고 있다.

 ## 라이딩과 게임을 동시에, AR 고글

스포츠에서 고글(**Goggle**)은 주로 보드나 스키를 탈 때 눈보라를 피하기 위해 착용하거나 수영을 할 때 눈을 보호하기 위해 착용하는 안경이다. 이러한 고글에 **AR** 기술과 컴퓨팅 기술이 접목되면 바로 머리에 착용하는 디스플레이, 즉 **HMD(Head Mounted Display)** 기기가 된다. **HMD**는 안경처럼 착용하고 사용하는 모니터를 총칭하며, 최근에는 **FMD(Face Mounted Display)**라 부르기도 한다. 처음에는 군사용으로 개발돼 미국 공군에서 사용하기 시작했지만, **AR** 상용화 시점에서 웨어러블**(Wearable)** 컴퓨팅 기능이 탑재되며 최첨단 디스플레이 기기로 변모했다.

스키와 보드 경기장에서 '**RideOn**'을 착용하고 활강하면 본인의 활강 방향과 속도 정보를 한눈에 확인할 수 있다. 물론 이러한 정보는 현실 세계인 스키장을 배경으로 하며, 고글에 비치는 화면이 모니터가 돼 활강과 동시에 경기 정보를 쉽게 확인할 수 있도록 만들어졌다. 또한 **RideOn**에서는 **HD**급 영상을 녹화할 수 있는 카메라가 장착돼 있어 16GB 메모리에 최대 3시간 정도 영상을 저장할 수 있다. 더욱이 흥미로운 건 고글 기기에 있는 게임 메뉴를 선택하면 가상의 진입로와 기문이 생성돼 다른 사용자와 경쟁을 하면서 점수를 얻는 소셜네트워크 기반의 게임도 즐길 수 있다. 스키장의 많은 사람들 사이에서 내 친구 머리 위에 이름이 표기되며, 이를 클릭하면 통화나 메시지 보내기를 통해 소통까지 가능하다.

이러한 고글 형태의 스포츠 **AR** 기기는 스키뿐 아니라 사이클 경기에서도 응용되고 있다. 바로 모든 라이더들이 꿈꾸던 AR 고글 '**랩터(Rapter)**'는 실시간 라이딩 정보를 글라스 전면에 모니터 되는 최첨단 고글로 세계적인 주목을 받고 있다. 랩터의 모니터에는 네비게이션, 루트, 속도 등이 표시되며, 라이더의 심박수는 물론 시야를 전환하면 촬영 기능으로 바뀌기도 한다. 앞으로 라이더들은 손목에 찬 시계, 핸들바의 스피드미터, 스마트폰 등을 번갈아 보거나 내려다 보지 않아도 랩터라는 웨어러블 기기만 있으면 안전하고 흥미로운 라이딩을 즐길 수 있다.

Goggles Specs

📷 **CAMERA**
› HD Video recording
› 16 GB for up to 3 hours of footage

📶 **CONNECTIVITY**
› MicroUSB for charging and data transfer
› Bluetooth 4.0

📺 **DISPLAY**
› 24° (diagonal) viewable area
› Brightness: ~3000 nits

🔋 **BATTERY**
› 2200mAh 6 usage hours 24 standby hours

⚙ **OPERATING SYSTEM**
› Based on Android 4.4

💻 **CPU**
› 1.2-GHz dual-core
› ARM Cortex 9

⚡ **TOTAL WEIGHT**
› 240g / 8.4oz
› Lightweight & aerodynamic shell

💛 **PERFECT FIT**
› 3 layers of foam for an ergonomic fit

🛡 **SAFETY**
› Impact-resistant lenses
› CE, FDA certified
› UV400

👁 **FACEBOOK LIVE**
› Live feed with facebook live video integration

(출처 : rideonvision.com)

(출처 : rideonvision.com)

(출처 : rideonvision.com)

🎿 스마트한 안경으로 보는 놀라운 세계

구글이 **AR** 기술을 서비스하기 위해 만든 스마트 안경을 일컬어 구글 글라스(**Google Glass**)라고 한다. 구글 글라스는 스마트폰처럼 안드로이드 운영 체제를 기반으로 사진도 찍고 인터넷 검색도 하며 길 안내도 받을 수 있도록 만들어졌다. 가장 중요한 건 음성 명령을 통해 작동이 된다는 점이다. 구글 글라스에 내장된 소형 마이크에 '오케이 글라스(**Okay Glass**)'라는 명령어를 내린 후, 음성 명령으로 실시간 촬영이나 **SNS** 공유, 문자 전송, 내비게이션 이용 등을 할 수 있도록 설계됐다. 심지어 손동작을 통해서도 기능 수행이 가능하다.

(출처 : glass-apps.org)

이런 구글 글라스를 이용한 스포츠 **AR** 서비스 가운데 골프장에서 실제 캐디와 대화하듯 실시간 정보를 요청할 수 있도록 만든 안드로이드 기반의 앱 서비스가 있다. 바로 골프 캐디를 대신하는 '**i-Caddy**'로, 구글 글라스와 연동해 사용할 수 있다. 이 앱은 현재의 스코어, 홀까지의 거리, 클럽 선택, 바람의 방향과 속도, 장애물 위치, 경사도 등 골프장에서 캐디가 직접 측정해서 알려줘야 하는 정보들을 실시간 모니터링 할 수 있다.

또한 구글 글라스의 **AR** 기술을 이용하면 외롭지 않은 '나홀로 조깅(**Race**

Yourself)'이 가능하다. 글라스 모니터를 통해 가상으로 레이싱을 즐기는 친구들과 경쟁을 하거나 가상의 좀비가 쫓아오는 상황을 만들어 줌으로써 자칫 지루해질 수 있는 조깅을 재미있는 스포츠 게임으로 승화시켜 주기도 한다.

(출처 : YouTube 영상 캡처)

(출처 : YouTube 영상 캡처)

(출처 : YouTube 영상 캡처)

🏃 현실 세계와 가상 세계를 넘나드는 MR

이밖에 마이크로소프트(**MS**)의 경우는 **VR**과 **AR**을 융합한 **MR(Mixed Reality**, 혼합현실) 기술에 초점을 맞추고 홀로렌즈(**Hololens**) 기기를 개발했다. **MR**은 **AR**(증강현실)의 현실감과 **VR**(가상현실)의 몰입도를 더한 것으로, 현실 세계와 가상 세계 정보를 결합해 융합 공간을 만들어내는 기술을 의미한다. 이러한 홀로렌즈의 **AR**과 **MR** 기술을 이용하면 집에서 스포츠 경기를 관람할 때 거실에 선수들이 나타나 실제로 경기하는 모습을 눈앞에서 볼 수도 있다. 여기에 빅데이터 기술과 영상 분석 기술을 더하면 선수들의 운동거리와 기록 같은 데이터를 수집·분석해 관람객들에게 실시간 제공하는 서비스도 가능해진다.

이와 같이 4차 산업혁명을 이끄는 주요 미디어 기술로서 **VR**(가상현실), **AR**(증강현실), **MR**(혼합현실)의 발전은 스포츠 생태계의 변화와 함께 스포츠 분야에서 다양한 신규 서비스 및 콘텐츠의 출현을 가능케 하는 커다란 원동력이 되고 있습니다.

(출처 : releasemama.com)

✿ [ICT 용어 이해하기]

증강현실, 增强現實, Augmented Reality, AR

스마트폰, 태블릿PC 또는 안경 형태 등의 기기를 통해 보이는 이미지에 부가 정보를 실시간으로 덧붙여 향상된 현실을 보여주는 기술.

현실에 존재하는 이미지에 가상 이미지를 겹쳐 하나의 영상으로 보여주므로 현실감이 뛰어나고 편리하다. 또한 감성적 측면의 만족도가 높기 때문에 방송은 물론 게임, 교육, 오락, 쇼핑 같은 다양한 분야에서 응용이 가능하다.

예로, 관중석에서 **AR** 안경을 쓰고 출전 선수의 정보를 부가로 볼 수 있고, 스마트폰이나 태블릿**PC**로 **AR** 교재를 비추면 화면에 **3D** 이미지가 나와 다양하고 실감나는 정보를 볼 수 있다. 특히 포켓몬고(**Pokemon Go**) 게임과 같은 모바일 위치 기반 서비스(**LBS: Location Based Service**)에 많이 활용되고 있다.

※ 증강현실(**AR**) 개념은 1997년 로널드 아즈마(**Ronald T. Azuma**)에 의해 구체화되었다. 로널드 아즈마(**Ronald Azuma**)는 **AR** 시스템을 현실

(**real world elements**)의 이미지와 가상의 이미지의 결합되고, 실시간으로 상호작용(**interaction**)이 가능하며 3차원의 공간 안에 놓인 것으로 정의하였다(**A Survey of Augmented Reality, in Presence: Teleoperations and Virtual Environments, 1997**)

혼합현실, 混合現實, Mixed Reality, MR

현실 세계에 가상현실(VR)이 접목되어 현실의 물리적 객체와 가상 객체가 상호 작용할 수 있는 환경.

혼합현실(**MR**)은 현실을 기반으로 가상 정보를 부가하는 증강현실(**AR: Augmented Reality**)과 가상 환경에 현실 정보를 부가하는 증강 가상(**AV: Augmented Virtuality**)의 의미를 포함한다. 즉, 현실과 가상이 자연스럽게 연결된 스마트 환경을 제공하여 사용자는 풍부한 체험을 할 수 있다.

예로, 사용자의 손바닥에 놓인 가상의 애완동물과 교감한다거나, 현실의 방 안에 가상의 게임 환경을 구축해 게임을 할 수 있다. 또 집안의 가구를 가상으로 재배치해 본다거나, 원격에 있는 사람들이 함께 모여 함께 작업하는 듯한 환경을 구축할 수 있다.

※ **MR**은 1994년 폴 밀그램(**Paul Milgram**)이 논문에서 처음 제시한 개념으로, 실제 현실(**real**) 환경과 가상(**virtual**) 환경 사이에서 증강현실(**AR**)과 증강 가상(**AV**)의 혼합으로 설명하였다.

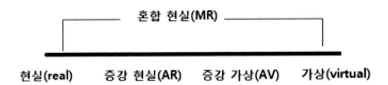

(출처 : 한국정보통신기술협회 정보통신 용어사전)

Part 6.

데이터 수집의 신세계, '스포츠 IoT'

- **스포츠 빅데이터의 전제 조건, 사물인터넷(IoT) 기술**
- **'입는 디바이스' 웨어러블(Wearable) 디바이스**
- **마우스피스(Mouthpiece) 등 다양한 형태의 웨어러블 디바이스**
- **Open New Era! GO, 4th Industrial Revolution!**

Part 6.
데이터 수집의 신세계, '스포츠 IoT'

"올림픽을 준비하는 태릉선수촌에 훈련 코치가 선수별 프로필에 따라 최적화된 운동 프로그램을 입력하면, 선수들은 태그가 내장된 스마트밴드를 착용하고 운동 기구 앞으로 간다.

이때 밴드에 입력된 회원 정보를 읽어 들여, 운동 기구는 선수마다 서로 다른 운동 횟수와 강도를 제시한다. 운동하는 동안 심박수, 혈압 등 생체정보가 실시간 전송되고, 운동 강도를 조절해야 할 필요가 있으면 코치는 회원에게 운동 강도 조정을 제안하거나 다른 기초체력 방식을 제안한다."

국가대표 선수들의 체력훈련이 이루어지는 월계관에서 사물인터넷**(IoT)** 실증사업이 진행되고 있는 사례다. 스포츠 현장에서 사물인터넷**(Internet of Things, IoT)** 기술은 선수별 맞춤 훈련 이외에도 다양한 용도로 활용되고 있다.

스포츠 빅데이터의 전제 조건, 사물인터넷(IoT) 기술

스포츠의 빅데이터 활용 범위가 확대되고 있다. 이러한 흐름의 중심에는 다양한 측정과 센서 기기를 이용한 데이터 수집과 생성 기술이 있다. 이러한 기술을 통해 방대한 양의 데이터를 놀라운 속도로 처리를 할 수 있게 됐다. 특히 역동성과 실시간성이 중요한 스포츠 현장에서 효과적으로 데이터를 수집하고 처리할 수 있는 토대가 마련됐다. 바로 이러한 기술을 일컬어 우리는 사물인터넷 기술(**Internet of Things, IoT**)이라 부른다.

IoT는 사람, 사물, 기기 등 모든 것이 유무선 네트워크로 연결되고 데이터를 생성, 교환, 활용하는 인터넷 환경을 의미한다. 이러한 이유로 IoT는 단순히 센서를 통한 정보의 수집이 아닌 정보의 가공을 통한 새로운 서비스의 창출이 가능한 차세대 기술로 주목받고 있다. 특히 IoT 기반의 경기력 분석 서비스, 웨어러블 헬스케어 서비스 등 경기력 향상과 선수의 체력 관리를 위한 스마트 스포츠 분야로 그 영역이 확대되고 있다.

IoT 기술에서 데이터 생성과 수집은 주로 센서(**Sensor**)와 기기(**device**)가 처리하는데, 스포츠 분야에서 사물인터넷 기술의 분류는 데이터를 수집하는 방식과 기기(**device**)의 종류에 따라 크게 웨어러블(**Wearable**) 방식, 센서 내장(**Sensor Embedded**) 방식, 센서 부착(**Sensor Attach**) 방식, 카메라에 의한 영상 분석(**Video Analysis**) 방식으로 구분된다.

🏃 '입는 디바이스' 웨어러블(Wearable) 디바이스

웨어러블(**Wearable**) 방식이란 옷, 안경, 시계, 밴드 등과 같이 사용자의 신체에 착용할 수 있는 전자 장치를 의미한다. 주로 머리에 착용하는 경우는 운동량을 측정하는 헬멧이나 모자, 안경 등의 형태고, 다리나 허리에 착용하는 경우는 근육 상태, 심장 박동, 균형 상태 등을 측정하도록 만들어진 밴드 타입의 형태가 많다. 이러한 장치들을 통해 사용자의 신체 변화와 주변 환경에 대한 상세 정보를 지속적이고 실시간으로 수집할 수 있고, 그에 따라 훈련과 경기 중 선수의 부상 여부까지 판단하여 적절한 조치를 취할 수 있다.

대표적인 웨어러블 기기로는 손목에 착용하는 스마트밴드(**Smart Band**)를 들 수 있는데, 이미 6개 대륙에서 25개국 이상의 선수들이 사용 중인 '푸시(**PUSH, www.trainwithpush.com**)'가 대표적이다. 푸시(**PUSH**)는 사물인터넷 기술이 적용된 스마트 밴드를 통해 운동 중 각 단계 목표에 따른 실시간 진도 모니터링을 도와주는 스포츠 **IoT** 서비스다. 개인별 운동 시간을 최적화하고, 과도한 훈련에 따른 상해 위험에 대응할 수 있도록 코치가 선수에 대한 가이드라인을 설정할 수 있다. 이에 인근 트레이닝 센터 및 선수들의 기초 체력 증진,운동량 조절 등에 널리 활용되고 있다.

또 다른 밴드형 웨어러블 기기로 잘 알려진 '짐워치(**GYMWATCH, www.gymwatch.com**)'는 근력 트레이닝에서 강도와 운동량 데이터를 측정하고 특화된 스마트 밴드를 통해 실시간으로 선수의 움직임과 힘을 추적하여 운동 자세와 기술에 대한 실시간 음성(**Voice**) 피드백을 제공하는 웨어러블 서비스다. 또 근육에 너무 무거운 부하가 걸리는 경우 상황에 맞는 적절한 조언을 제공함으로써 최적의 운동 환경에 대한 가이드 기능을 수행하기도 한다.

이 밖에 슈트(**suit**)의 형태로 만들어져 전신에 착용하도록 만들어진 스마트 슈트(**Smart Suit**) 웨어러블 기기의 경우 상하의 옷을 입듯 전신에 착용하게 된다. 인플럭스(**ENFLUX, www.getenflux.com**), 아토스(**ATHOS, www.liveathos.com**) 등은 옷 전체에 다양한 센서가 내장돼 있고, 이들 센서는 운동 강도, 자세 효율성, 운동 능력, 관절 각도, 관절 회전율, 밸런스, 운동 속도, 심박수 등을 측정하며 이를 스마트폰과 연동하여 실시간 모니터링을 할 수 있는 서비스를 제공한다.

🔫 마우스피스(Mouthpiece) 등 다양한 형태의 웨어러블 디바이스

웨어러블 기기는 단순한 밴드와 슈트 형태 이외에도 사람의 구강에 착용하는 마우스피스(**Mousepiece**) 타입으로도 서비스가 제공 중이다. 대표적으로 '피트가드(**FITGUARD, www.fitguard.me**)'가 있는데, 이는 선수의 뇌진탕 상태를 모니터링할 수 있는 입 안에 착용하는 웨어러블 기기이다. 뇌진탕을 유발할 정도의 강력한 충격을 받으면 충격 감지 센서를 통해 자동으로 알람이 들어오고, 연동된 스마트폰에 충격 속도와 강도, 선수의 몸무게·성별· 나이·건강 상태와 위급 상황이 실시간으로 나타난다. 특히, 평소 뇌 질환 등 지병이 있는 노약자를 대상으로 활용 가치가 높고 격투기 등 과격한 운동을 하는 선수들의 보호와 위급 상황 대처에 유용하다.

이 밖에 '스컬프트(**SKULPT, www.skulpt.me**)'는 팔이나 다리, 등, 배 등의 평평한 부위에 명함 크기의 **IoT** 기기를 부착하여 근육의 특성, 체지방 비율 등을 측정한다. 진동과 전류를 이용해서 측정하고자 하는 근육에서 데이터를 수집하며, 다른 선수들과 비교해 평균 이상인지, 이하인지를 알려주고, 블루투스를 통해 스마트폰으로 자신의 생체 데이터를 확인할 수 있다.

🏃 Open New Era! GO, 4th Industrial Revolution!

4차 산업혁명의 핵심 기술로서 각광받고 있는 사물인터넷 기술은 디바이스와 센서의 발전과 더불어 높은 컴퓨팅 파워를 높이고, 빅데이터 알고리즘을 다양화하며, 네트워크 기술의 발전까지 불러올 것으로 기대된다. 특히 실시간 데이터 수집과 측정이 중요한 스포츠 분야에서 사물인터넷 기술은 다른 어떤 분야에서 보다 신기원(**New Era**)의 역할을 할 것으로 예상된다.

다음 장에서도 **IoT** 기술이 스포츠 현장에서 적용된 사례를 중심으로, 다양한 종류의 스포츠 **IoT** 기술을 살펴보겠다.

[ICT 용어 이해하기]

사물 인터넷, 事物-, Internet of Things, IoT

정보 통신 기술을 기반으로 실세계(**physical world**)와 가상 세계(**virtual world**)의 다양한 사물들을 연결하여 진보된 서비스를 제공하기 위한 서비스 기반 시설(※ 관련: **ITU-T Y.2060**).

유비쿼터스 공간을 구현하기 위한 인프라 컴퓨팅 기기들이 환경과 사물에 심겨 환경이나 사물 그 자체가 지능화되는 것부터 사람과 사물, 사물과 사물 간에 지능 통신을 할 수 있는 사물 통신(**M2M: Machine to Machine**)의 개념을 인터넷으로 확장하여 사물은 물론, 현실과 가상 세계의 모든 정보와 상호 작용하는 개념으로 진화했다.

사물 인터넷(**IoT**)의 주요 기술로는 센싱 기술, 유무선 통신 및 네트워크 인프라 기술, 사물 인터넷 인터페이스 기술, 사물 인터넷을 통한 서비스 기술 등이 있다.

착용 기술, 着用技術, wearable technology

정보통신(**IT**) 기기를 사용자 손목, 팔, 머리 등 몸에 지니고 다닐 수 있는 기기로 만드는 기술. 초소형 부품과 초박막형의 휘는(플렉시블) 디스플레이, 스마트 센서, 저전력 무선 통신, 모바일 운영 체제 등 **IT** 기술이 일상생활에서 사용되는 시계, 안경, 옷, 헬멧 등에 접목되어 사용자에게 언제 어디서나 컴퓨팅 환경을 제공한다. 착용(웨어러블) 기술은 스마트워치와 같은 착용 컴퓨터(**wearable computer**), 스마트 의류(**smart clothes**), 머리 착용 디스플레이(**HMD: Head-mounted display**)와 같은 가상현실(혼합현실) 체험 기기, 피부에 이식하는 임플란트 등으로 응용되어 개인용뿐만 아니라 산업, 의료, 군사 등 모든 분야

(출처 : 한국정보통신기술협회 정보통신 용어사전)

Part 7.
스마트볼의 숨은 비밀, 센서의 마술

- 스포츠 매직쇼의 주인공, 스마트볼(Smart Ball)
- 나만의 훈련 시스템, 마이코치(Micoach)
- 다양한 종류의 센서 내장형 IoT 디바이스
- '보이는 것'에서 '보이지 않는 것'으로의 진화

Part 7.
스마트볼의 숨은 비밀, 센서의 마술

2010년 **FIFA** 남아공 월드컵은 역대 월드컵 가운데에서도 심판의 오심 논란이 가장 많았던 대회로 기억되고 있다. 잉글랜드와 독일의 16강 전에서 잉글랜드 프리미어리그(**EPL**) 첼시를 대표했던 세계 정상급 미드필더 프랭크 램퍼드의 로빙슛이 크로스바를 맞고 명백히 골대 안으로 들어갔지만 심판은 이를 골로 인정하지 않았다. 1-2로 추격전을 벌이던 잉글랜드의 상승세에 찬물을 끼얹는 순간이었다. 당시 한국도 비슷한 오심의 논란에 동일한 피해를 봤지만 심판의 번복은 없었다.

🏃 스포츠 매직쇼의 주인공, 스마트볼(Smart Ball)

축구 경기에서 오심 논란은 다른 종목 경기에 비해 유독 많이 발생한다. 다른 종목과 다르게 축구 경기에서 비디오 판정을 부분적으로나마 허용하게 된 것도 얼마 되지 않았고, 심판이 한번 내린 판정은 경기가 끝난 뒤에 명백한 오심으로 드러나더라도 대개 번복되지 않기 때문이다.

최근 세계 축구 경기를 통합 관리하는 국제축구연맹(**FIFA**)에서는 심판 오심을 줄이기 위해 센서(**Sensor**)와 사물인터넷(**IoT**) 기술을 적용한 이른바 스마트볼(**Smart Ball**) 도입을 적극 시도하고 있다. 스포츠 현장에서 스마트볼의 활약은 아무것도 보이지 않는 외투에서 살아있는 비둘기를 만들어내는 한 편의 매직쇼에 비유되곤 한다. 공의 보이지 않는 내부에 탑재된 각종 센서를 이용하여 수집된 데이터를 통해 공이 골 라인을 벗어날 경우 심판이 가지고 있는 전자장치에 신호를 보냄으로써 득점 여부를 알려주거나 공의 터치라인 아웃 여부를 알려주는 등 '흡사 보이지 않는 마술의 힘'이 작용하는 듯하여 생긴 비유다. 그리고 그 매직쇼의 주인공이 바로 스마트볼(**Smart Ball**)이라고 할 수 있다.

(출처 : sbnation.com)

🏃 나만의 훈련 시스템, 마이코치(Micoach)

실제 경기가 열리는 스포츠 현장에서 스마트볼은 심판의 중요한 판단과 결정에 영향을 줄 수 있기 때문에 오차를 최소화하기 위한 철저한 과학적 검증이 필요하다. 따라서 현재 수준에서 정식 A매치 경기에서의 본격적으로 도입하는 것은 시기상조라는게 다수 전문가들의 의견이다.

하지만 일반인들과 선수 개개인을 대상으로 하는 서비스와 상품은 이미 시중에 출시되어 판매되고 있다. 다양한 분석 결과를 바탕으로 개인별 코칭 시스템이 자리 잡고 있는 것이다.

가장 대표적인 서비스로는 2014년 아디다스(**Adidas**)에서 선보인 '마이코치(**Micoach**) 스마트볼(**https://micoach.adidas.com**)'이다. 공 안의 내장 센서를 이용하여 공의 스피드, 스핀, 궤적, 타격 포인트 등을 분석하고 다양한 분석 결과를 스마트폰 앱을 통해 사용자에게 제공한다. 또한 이를 바탕으로 킥 자세와 공을 차는 힘의 강약 등 개인 기술 향상을 위한 개별 코칭 서비스를 제공한다. 마이코치(**Micoach**) 스마트볼은 축구공 이외에도 농구, 야구, 배구 등 다양한 구기 종목에 확대 적용되고 있고 관련 시장에서 이미 큰 주목을 받은 바 있다.

(출처 : newgizmoblog.com)

농구 경기에서 대표적인 스마트볼 제품으로는 윌슨X커넥티드의 스마트
농구공(**http://www.wilsonkorea.com**)이 있다. 아이다스의 마이코치
스마트볼과 동일한 원리와 기술을 바탕으로 농구공 내부에 스마트 센서
를 내장시켜 코트 위치별 슛 성공률과 일일 연습 수행 결과 등의 그래프를
확인할 수 있다. 또한 센서로부터 전송되는 실시간 데이터를 처리 분석하
여 이를 전용 스마트폰 앱을 통해 오디오 해설로 변환하여 들을 수 있도록
함으로써 코치가 사용자의 바로 옆에서 지도해 주는 듯한 현장감을 제공
하기도 한다.

🏃 다양한 종류의 센서 내장형 IoT 디바이스

테니스 경기에서도 스마트볼과 유사한 경험을 할 수 있다. 다만, 이번에는 공이 아닌 라켓에 센서를 내장한 사례다. 바로 프랑스 테니스 용품 전문 회사 **Babolat**이 개발한 '**OverDrive 105** 스마트키트 (**https://www.babolat.us/product/tennis**)'다. 공의 서브 속도와 공을 친 횟수를 알려주는 이 테니스 라켓은 센서에서 수집된 모든 데이터를 사용자의 스마트폰 앱에 전송시키고 관련 정보를 실시간 확인할 수 있도록 제작됐다.

또한 라켓 내부에 장착된 배터리는 테니스를 6시간 이상 지속할 수 있도록 특수 제작되어 실용성을 극대화했다. 배터리 외에도 가속도계와 자이로스코프가 센서 내부에 장착되어 있어 공의 회전 양과 속도에 대한 분석 결과를 실시간 확인할 수 있다.

언더아머의 스마트 러닝슈즈(**https://www.underarmour.com**)는 운동화에 센서칩이 내장되어 있어 운동 시간, 뛴 거리 등을 종합적으로 제공한다. 배터리 충전이 필요 없고, 운동화 수명이 다할 때까지 유지가 가능하며, 운동화뿐 아니라 슈트 등 다양한 웨어러블 기기에 활용 가능하도록 제작됐다.

SmartMat(https://smartmat.com)는 요가 매트에 압력 감지 센서가 탑재돼 사용자의 운동량을 측정하는 이른바 스마트 요가 매트다. 전용 스마트폰 앱이 총 62개의 요가 동작을 인식할 수 있어 사용자가 취한 각 동작의 자세와 균형을 바로잡아 주는 한편, 동작을 얼마나 잘 수행했는지 평가해 줌으로써 개인 체력증진 코칭 프로그램으로 활용되고 있다.

탱그램에서 제작한 스마트로프(**http://www.tangramfactory.com**)는 줄 끝에 **LED** 램프를 달아 줄을 돌릴 때마다 줄을 넘은 횟수를 확인할 수 있도록 설계돼 있다. 줄을 한 번 돌릴 때마다 사용자의 눈앞에 남겨지는 잔상을 이용한 기술인데, 스마트폰 앱과 연동하여 자신의 키와 몸무게, 나이를 입력하면 하루 줄넘기 운동 처방을 해 준다. 이는 선수들의 기초 체력 증진과 맞춤형 체력 증진 프로그램에 널리 이용되고 있다.

(출처 : Babolat OverDrive105)

(출처 : 94fifty.com/)

(출처 : amazon.com)

(출처 : techgenyz.com)

'보이는 것'에서 '보이지 않는 것'으로의 진화

그동안 사물인터넷(IoT) 기술은 센서의 파손, 배터리 용량, 디바이스 수명과 소형화 등 여러 가지 기술적 한계로 인해 주로 웨어러블 방식 또는 탈부착 방식으로 발전되어 온 것이 사실이다. 하지만 최근에는 이러한 기술적 한계를 뛰어넘어 제품 제작 단계에서부터 다양한 센서를 내장함으로써 더욱 다양하고 정밀한 데이터를 수집할 수 있게 됐다.

이러한 기술의 발전은 특히 스포츠 현장에서 빅데이터를 활용한 사용자의 경험을 확대하고 한층 더 유용한 정보의 분석과 통찰력(Insight)을 제시하는 기술의 진화로 이어지고 있다.

[ICT 용어 이해하기]

센서, Sensor

온도, 압력, 습도 등 여러 종류의 물리량을 검지, 검출하거나 판별, 계측하는 기능을 갖는 소자. 사람의 오감 역할을 하며, 감지한 정보를 정보 처리부에 전달하여 판단을 내리게 한다. 즉 센서는 인간의 오감에 해당되고 정보 처리부는 뇌에 해당된다. 센싱 대상은 빛, 온도, 가스, 압력, 자기, 진동, 가속도 등 다양하다. 센서의 출력은 대부분 전기 신호가 많다. 이는 증폭, 축적, 원격 조작 등이 쉽고, 컴퓨터로 처리하기 쉽기 때문이다.

(출처 : 한국정보통신기술협회 정보통신 용어사전)

Part 8.
스포츠 용품의 똑똑한 변신

- 인포모션 스포츠(Infomotion Sports)의 탄생
- 언제 어디서나 필요한 곳에 내맘대로
- 나만의 스윙 훈련 코치, Zepp Labs의 스마트 배트
- 골프 레슨의 끝판왕, GOLFZON의 Swingtalk
- 똑소리 나는 라이딩의 신세계

Part 8.
스포츠 용품의 똑똑한 변신

"사물인터넷(**IoT**) 시대의 경쟁력은 얼마나 많은 양의 데이터를 확보할 수 있는 지에서 성패가 갈립니다. 수집한 데이터를 분석할 인공지능(**AI**) 알고리즘도 중요하지만 충분한 데이터가 있어야 의미 있는 결론을 이끌어 낼 수 있기 때문이죠."

글로벌 시장조사업체 가트너의 데일 쿠트닉 부사장 겸 명예 수석연구원은 국내 한 일간지와의 인터뷰에서 **IoT** 시대의 가장 큰 변화는 인간의 움직임과 신체로부터 만들어지는 스포츠 및 헬스케어 분야에서 일어날 것이라고 내다봤다. 즉 사물인터넷 기술이 스포츠와 헬스케어 분야에 혁명을 가져오리라 예상한 것이다.

🏃 인포모션 스포츠(Infomotion Sports)의 탄생

가트너(**Gartner**)는 미국 코네티컷주에 본사를 둔 **IT** 분야의 리서치 기업이다. 다국적 **IT** 기업으로서 특히 설문 조사 분야와 **IT** 시장 전망 분야에 높은 신뢰도와 공신력을 가진 기업이기도 하다. 이러한 가트너가 웨어러블 디바이스와 함께 스포츠 및 헬스케어 서비스를 제공하는 스포츠 빅데이터 분야의 가치가 수십억 달러 이상이 될 것이며 네트워크와 연결되는 사물의 수도 수백억 개까지 늘어날 것으로 내다봤다. 연결된 사물의 수가 많아질수록 데이터의 양은 더욱 늘어날 것이며 다양한 형태의 센서 기술의 발전으로 엄청난 양의 데이터를 실시간 수집 분석할 수 있는 토대가 마련되고 있다.

이른바 스포츠 분야도 4차 산업혁명의 가장 큰 특징으로 일컬어지는 초 (超)연결 시대로 접어들고 있다. 최근 센서를 통한 스포츠 빅데이터 분석 분야를 일컬어 인포모션 스포츠(**Infomotion Sports**)로 표현한다. 인포모션 스포츠(**Infomotion Sports**)란 스포츠에서 실시간 발생하는 데이터를 센서로 수집하고 분석하여 지금까지 없었던 새로운 가치와 재미를 만들어 내는 서비스와 관련 산업 분야를 의미한다.

🤾 언제 어디서나 필요한 곳에 내맘대로

지난 장에도 다루었지만 센서를 활용해 데이터를 수집하는 방식은 크게 웨어러블(**Wearable**) 방식, 센서 내장(**Sensor Embedded**) 방식, 센서 부착(**Sensor Attach**) 방식, 카메라에 의한 영상 분석(**Video Analysis**) 방식으로 구분된다. 특히 개인이 이미 가지고 있는 스포츠 용품이나 신체에 센서를 탈부착하여 기동성과 편리성을 극대화할 수 있는 센서 부착(**Sensor Attach**) 방식이 최근 다양한 분야에서 활용되고 있다.

내가 가진 야구배트, 집에 있는 자전거, 학교에 있는 농구공에 센서만 구입하여 부착하면 언제 어디서나 스마트한 인포모션 스포츠(**Infomotion Sports**)를 즐길 수 있는 것이 바로 센서 부착(**Sensor Attach**) 방식의 가장 큰 장점이다.

🤾 나만의 스윙 훈련 코치, Zepp Labs의 스마트 배트

야구 배트 아래 센서를 부착하여 사용하는 형태로, 선수의 타구 속도, 각도, 궤적 등을 분석해 주며 관련 데이터는 곧바로 스마트폰 앱으로 전송되어 실시간 조회할 수 있다. 스포츠 전문 웨어러블 기업인 젭 랩스의 센서는 가속도계, 자이로스코프(**Gyroscope**) 등이 탑재되어 있는데 선수별 스윙의 특징을 비교하여 가장 적합한 훈련 방식을 제공한다. 배터리는 블루투스 모드로 작동하고 4시간 연속 데이터 스트리밍이 가능하다. 배트 스윙 속도, 타격 각도, 배팅 구역에서 배트가 머무르는 시간 등을 측정하여 실시간 사용자에게 제공한다. 약 150달러에 판매되는 이 센서는 배드민턴과 골프 등에도 유사하게 적용될 수 있다.

프린터 전문업체인 엡손(**Epson**)도 스윙분석기 엠트레이서(**M-tracer**)를 출시했다. 작은 센서를 골프클럽에 부착하고 스윙을 하면 모션 센서가 내장되어 있어 스윙 궤도, 임팩트, 템포, 페이스 각도 등을 체크할 수 있다. 분석 결과는 스마트폰으로 보여주는데, 3D로 모든 각도의 스윙 모습을 한눈에 확인할 수 있다.

🏌 골프 레슨의 끝판왕, GOLFZON의 Swingtalk

골프존(**GOLFZON**)에서는 스마트 스윙 분석기 스윙톡(**Swingtalk**)을 출시했다. 센서를 그립 끝에 장착하고 블루투스로 앱과 연결만 하면 어드레스,

백스윙, 다운스윙, 임팩트 등 각 구간에서의 스윙 궤적과 각도를 3차원으로 볼 수 있다. 드라이버, 아이언, 퍼터에 모두 사용할 수 있고 템포나 스피드를 음성으로도 알려준다.

(출처 : qoo10.com)

이 밖에도 골프에 적용되는 부착형 사물인터넷(IoT) 기기로 '티틀(Tittle)' 이라는 스윙 분석기가 있다. 골프공이 없어도 나의 비거리를 예측할 수 있어 연습 스윙에 탁월한 도움이 된다. 스윙 시 센서로 수집된 헤드스피드, 스윙 템포, 클럽 궤적, 페이스 각도, 스윙 타입 등 기본 정보를 분석하여 타구 후의 거리를 예측하는 것이다.

(출처 : brosgolf.co.kr)

🏃 똑소리 나는 라이딩의 신세계

레저 분야에서도 모션 센서를 적용한 아이디어 제품들이 속속 등장하고 있다. 자전거 라이딩 애호가들에게 인기 있는 자전거용 내비게이션이 그 것이다. 라이딩을 하면서 스마트폰으로 내비게이션을 보기에는 어려움이 많다. 이러한 어려움을 해결하기 위해 비라인(**BeeLine**)은 화살표로 목적지의 방향만을 알려주는 단순하고 직관적인 자전거용 내비게이션을 개발했다.

(출처 : InterestingFacts Beeline Navigation)

GPS(Global Positioning System, 위치측정시스템) 전문 업체로 알려진 가민(**Garmin**)은 라이딩을 할 때 부착형 구글 글라스로 컴퓨터 화면을 보지 않아도 아이웨어의 렌즈에 사이클링 정보를 비춰주는 스마트 디스플레이 바리아 비전(**Varia Vision**)을 출시했다. 라이딩 속도, 위치, 경로는 물론, 라이더의 심박수를 측정하여 보여주며 레이더(Radar) 원리를 이용해 뒤쪽에서 차가 다가오는 것을 알려주기도 한다.

🏃 [ICT 용어 이해하기]

헬스케어 시스템, Health Care System

유비쿼터스와 원격 의료기술을 활용한 건강관리 서비스를 말한다. 유비쿼터스 헬스케어(**Ubiquitous Health Care**)의 줄임말로 유비쿼터스 건강관리라고도 한다. 시간과 공간의 제한 없이 의료 서비스를 제공받을 수 있는 게 가장 큰 특징이다. 만족할 만한 u헬스케어 서비스를 제공하려면 언제 어디서나 이용자의 건강 상태를 진단할 수 있는 생체계측 기술이 필요하다. 당뇨병·고혈압 등 만성질환자들을 대상으로 휴대폰과 컴퓨터 등을 이용해 건강 상태를 진단받은 뒤, 전문 의료진에게 진료를 받을 수 있는 서비스가 이미 제공 중이다. 우리나라는 2005년 11월 유비쿼터스 시스템 구축을 마친 연세대학교 세브란스병원을 비롯해 주로 대학병원들을 중심으로 도입 사례가 확대되고 있다. u헬스케어 사업단을 구성한 고려대학교의료원은 2006년 4월부터 서울 성북구 보건소와 공동으로 성북구 지역의 만성질환자와 독거노인 등을 대상으로 시범사업을 벌이고 있다.

위성 위치 확인 시스템, 衛星位置確認-, Global Positioning System, GPS

미국 국방부(**DOD**)가 개발하여 추진한 전 지구적 무선 항행 위성 시스템. 중/고궤도 항행 위성 시스템인 **NAVSTAR**(**Navigation System with Time And Ranging**)를 사용하는 시스템이라는 의미에서 **NAVSTAR/GPS**라고도 한다. 이 시스템은 다음의 그림에서 보는 바와 같이 고도 약 2만 km, 주기 약 12시간, 궤도 경사각 55도인 6개의 원궤도에 각각 4개씩 발사된 도합 24개의 항행 위성과 위성을 관리하는 지상 제어국, 이용자의 이동국으로 구성된다. 각 위성에는 원자 시계가 탑재되어 있다. 이 시스템은 지구 어디에서나 항상 4개 이상의 위성이 시계(視界) 내에 있도록 배치되기 때문에, 이용자는 이들 위성 중에서 적당한 4개를 선택하여 그것들로부터의 시각(時刻) 신호를 수신하여 각각의 거리를 측정한다. 4개 위성의 위치는 알려져 있으므로, 이 측정에서 이용자의 위도/경도/고도의 3차원의 위치와 시계(時計)의 시각 편차를 알 수 있다. 위성으로부터의 송신 주파수는 **L1 (1,575.42MHz)**과 **L2(1,227.6MHz)**의 2파이며, 이 2파로 전리층 지연을 보정한다. 항법 신호는 50bps의 항법 정보를 포함하며 의사 잡음 부호(**PN code**)로 스펙트럼 확산 변조된 위상 편이 변조(**PSK**) 신호이다. 이 의사 잡음 부호에는 **P** 부호(**precision code**)와 **C/A** 부호(**clear and acquisition code**)의 2종류가 있는데, **P** 부호는 10.23Mbps, 주기를 1주로 하는 정밀 측위를 목적으로 한다. **C/A** 부호는 1.023Mbps, 주기는 약 1밀리초(ms)이다. 이들 의사 잡음 부호를 사용하여 항법 신호의 해독이나 위성과 수신국 간의 거리 측정을 할 수 있다. **L1**에는 **P** 부호와 **C/A** 부호가 포함되고 **L2**는 **P** 부호만이 포함되는데, 현재 **C/A** 부호는 민간이 이용할 수 있도록 부호 패턴(**code pattern**)이 공개되었으나 **P** 부호는 비밀이다. **C/A** 부호에 의한 위치 측정 정밀도는 공칭 100m 이내이고, P 부호에 의한 정밀도는 공칭 16m 이내인 것으로 알려져 있다. 위성 위치 확인 시스템(**GPS**)은 원래 군사용 차량, 함정, 항공기 등의 위치 측정을 위하여 구축되었다. 현재는 민간에서도 이용할 수 있기 때문에 자동차에 탑재하는 항법 장치, 선박이나 헬리콥터 등의 항법 장치 등에 사용된다. 또 무인 건설 중기(無人建設重機)의 원격 조작이나 지진 예보를 위한 지각 변동 측정 시스템 등에도 이용된다. 최근에는 읽기 전용 콤팩트 디스크 기억 장치(**CD-ROM**)에 담은 지리 정보와 조합한 항법 시스템이 비교적 저가로 제공할 수 있게 되어 그 시장이 급속도로 확대되고 있다.

(출처 : 한국정보통신기술협회 정보통신 용어사전)

Part 9.
매의 눈으로 인간의 한계를 극복하다

- **스포츠 영상 기술의 원조, 호크아이**
- **IoT와 영상 기술의 컬래버레이션, 스마트 코트**
- **개인 맞춤형 코칭 서비스**
- **스포츠 영상 분석 기술의 끊임없는 진화**

Part 9.
매의 눈으로 인간의 한계를 극복하다

3mm의 오차도 콕 집어낸다는 호크아이(**Hawk Eye**) 시스템. 시속 200km가 넘는 공의 궤적과 낙하지점을 정확히 추적하여 인간에게 알려주는 호크아이 시스템은 말 그대로 매의 눈으로 인간이 가진 눈의 한계를 극복하고 있다. 최근 발전하고 있는 영상 기술과 데이터 처리 기술은 역동적이고 다이내믹한 스포츠 현장에서 선수들의 섬세한 움직임과 수많은 스포츠 이벤트를 거의 완벽에 가깝게 추적하고 분석해 낸다. 인간의 눈으로는 감히 상상할 수 없는 일들이 스포츠 현장 곳곳에서 일어나고 있는 것이다. 이러한 현상은 카메라를 통한 영상 수집과 고속 처리 기술, 그리고 영상 추적 기술의 발전으로 가능하게 됐고, 스포츠 빅데이터 분야에서 가장 신뢰받는 경기 분석 시스템으로 평가받기에 이르렀다.

🏃 스포츠 영상 기술의 원조, 호크아이

2008년 10월 미국의 과학자 데이비드 휘트니(**David Whitney**) 박사는 테니스 경기에서 오심 논쟁이 가장 빈번하게 일어나는 경우가 심판의 아웃 (**Out**) 선언이라는 사실을 밝혀냈다. 또한 연구에 따르면 이러한 결과는 심판의 자질 문제가 아니라 인간의 시각적 인식 체계에 오차가 있기 때문이라고 설명했다.

이와 같이 테니스 경기에서 골이 아웃(**Out**) 되었는지 인(**In**)이 되었는지에 대한 논란은 호크아이 시스템이 본격적으로 도입되면서 사실상 종지부를 찍게 됐다. 호크아이는 경기장 곳곳에 설치된 10여 대의 초고속 카메라가 공의 움직임을 포착, 이를 실시간 통신과 분석 기술을 이용해 3차원 영상으로 재구성하고, 이를 통해 골의 인·아웃 여부를 단 10초 만에 판정하는 기술을 의미한다. 이러한 호크아이 시스템은 최근 들어 테니스뿐 아니라 축구와 야구, 배드민턴 등 다양한 종목에서 활용되고 있다.

2007년 윔블던(**Wimbledon**) 테니스 대회에서 처음 도입된 호크아이 시스템은 지금까지 심판이 먼저 판정하고 선수가 이에 불복해 판독을 요청할 때만 활용해 왔다. 하지만 남자프로테니스(**ATP**) 투어는 2017년 이탈리아 밀라노에서 열린 넥스트 제너레이션 파이널 경기에서 호크아이 시스템이 모든 판정을 내리고, 판정 결과는 전광판과 방송을 통해 선수와 팬들에게 전달한 바 있다.

이는 4차 산업혁명 시대 스포츠 경기에서 최첨단 **ICT** 기술이 심판을 대신하는 본격적인 신호탄이 되었다.

실제 두 마리의 매는 경기장의
비둘기를 쫓는 용도로 사용되며
10대의 호크아이가 경기장
둘레에 설치된다

윔블던 코트에 설치된 호크아이

6 ──── 호크아이 성능은 6배속 카메라

60 ──── 1초당 60프레임 처리 카메라

10억 ──── 매번 스트로크마다 10억개의
수식 계산 컴퓨터

3mm ──── 3mm 오차까지 파악

공이 지면에
닿을 때
공의 뒤틀림과
미끄러짐까지 감지

(출처 : 중앙일보)

(출처 : dailymail.co.uk)

(출처 : hawkeyeinnovations.comn)

IoT와 영상 기술의 컬래버레이션, 스마트 코트

스마트 코트(**Smart Court**) 시스템은 이스라엘 벤처기업 '플레이사이트

(**Playsight**)'에서 개발한 테니스 전용 영상분석 시스템이다. 코트에 설치된 5, 6대의 초고화질(**HD**) 카메라를 통해 선수의 서브 속도는 물론 회전속도의 검출, 선수의 이동 거리와 소모 칼로리양 등 선수와 경기의 다양한 데이터를 실시간 수집한다. 이를 전용 서버로 전송하고 스마트 기기를 통해 **3D** 그래픽으로 확인할 수 있도록 개발됐다. 스마트 코트 시스템의 가장 큰 특징이자 혁신의 지점은 바로 분석관(**Human Operation**)이 없어도 모든 서비스와 기능 구현이 가능하다는 점이다. 바로 영상 분석과 사물인터넷(**IoT**) 기술의 발전이 우리의 일상생활을 넘어 스포츠 경기 전략 분석에 크게 영향을 미치고 있음을 단적으로 보여주는 사례다.

🏃 개인 맞춤형 코칭 서비스

아이다스의 스냅샷 서비스는 세계 최초로 축구공 영상 추적 기능을 갖춘 스마트폰 기반 애플리케이션 서비스로, 한때 업계에 신선한 바람을 일으킨 바 있다. 스마트폰 카메라를 통해 볼의 속도, 회전수, 회전 방향, 비행 궤적, 비거리 측정 등을 분석해 사용자에게 과학적이고 전문적인 코칭 서비스를 제공한다. 이른바 개인 맞춤형 코칭 서비스라 할 수 있겠다.

포르투갈 대학생 3명이 공동 연구로 만들어 낸 '풀 라이브 에이드(**Pool Live Aid**)'라는 프로젝터 시스템 역시 이러한 개인 맞춤형 코칭 서비스를 위해 만들어졌다. 풀 라이브 에이드 프로젝터는 천장의 카메라가 **PC**와 연동돼 공의 위치와 큐 포인트의 진행 방향을 예측하고 당구공이 나아갈 곳을 미리 프로젝터의 빛을 이용하여 알려주는 시스템이다. 이는 특히 당구 초보자들에게 유용한 팁과 가이드를 제공한다.

(출처 : Adidas Snapshot)

(출처 : Adidas Snapshot)

🤸 스포츠 영상 분석 기술의 끊임없는 진화

스포츠 경기를 분석하기 위한 기술이 단순한 데이터와 이벤트를 수집하는 환경에서 영상과 데이터, 영상과 이벤트를 결합한 멀티미디어(**Multimedia**) 분석 시스템으로 발전해 가고 있다. 이러한 멀티미디어 분석 시스템 구현이 가능하게 된 배경에는 컴퓨터의 발전은 물론 영상 추적 및 데이터 분석 기술이 더해져 가능하게 됐다.

스포츠 경기의 멀티미디어 분석 서비스가 국내에 적용된 사례로는 다트피쉬(**Dartfish**), 스포츠 코드(**Sports Code**), 프로존(**Prozone**) 소프트웨어가 대표적이다.

(출처 : sporttechie.com)

(출처 : dartfish.com)

이 가운데 다트피쉬(**Dartfish**)는 선수의 동작 분석을 위한 대표적인 소프트웨어 도구로서 슬로모션을 이용한 영상분석 기술을 기반으로 한다. 영국에 본사를 두고 있는 프로존은 주로 유럽 구단들을 대상으로 분석 서비스를 제공 중이다. 경기 중과 경기 후 분석 서비스, 상대팀 전력 분석, 심판 분석 서비스와 선수 분석 서비스를 제공하고 있다.

이와 같이 스포츠 경기 분석의 기술적 변화는 단순 통계 기법을 활용하는 단계에서, 영상을 이용한 객체 추적 기술로 발전하고 있다. 나아가 최근에는 인공지능과 빅데이터 분석 기술을 활용한 경기력 탐색과 예측 서비스까지 제공하는 형태로 진화하고 있다.

[ICT 용어 이해하기]

컴퓨터 시각, -視覺, Computer Vision, CV

사람이나 동물 시각 체계의 기능을 컴퓨터로 구현하는 것.

주로 사진이나 동영상 같은 2차원 이미지에서 정보를 추출하는 컴퓨터 기술을 연구한다.

사람의 시각 체계는 망막에 맺힌 2차원 이미지에서 3차원 모델이나 구조를 추론하고, 물체를 탐지하거나 이미지 내부의 영역을 구분하는 등 눈으로 보는 것에서 다양한 정보를 추출하는 역할을 한다. 컴퓨터 시각은 이러한 기능을 컴퓨터로 구현하는 것을 가리키며 주로 디지털카메라나 캠코더 등의 이미지 센서에 맺힌 2차원 이미지를 처리한다. 로봇이나 자율 주행 자동차와 같은 지능형 에이전트(**intelligent agent**) 구현에 꼭 필요하며, 위성사진 분석과 같은 작업에 활용하기도 한다.

초창기 인공지능 연구자들은 시각 체계 구현이 증명이나 추론과 같은 상위 수준의 지적인 기능을 컴퓨터로 구현하는 것보다 더 쉬울 것이라고 생각하였다.

그러나 1960년대에 시작된 컴퓨터 시각 연구는 매우 느리게 발전하였다. 1980년대에 이르러서야 사진에서 물체의 윤곽선을 탐지하는 실용적인 기술들이 개발되었으며, 1990년대에는 물체 인식 기술과 이미지 분할 기법 등이 활발하게 연구되었다.

2000년대에 들어서 인터넷의 발달에 따라 대규모 데이터의 활용이 가능해지면서 기계학습 기반 컴퓨터 시각 기술의 성능이 비약적으로 발전하였으며 자동차 번호판 인식 등의 기술이 실용화되었다.

2010년대에 확산된 심층기계학습(**deep learning**) 기반의 컴퓨터 시각 기술은 잡음(**noise**)이 없는 사진에서는 수천 종류의 사물을 인식하는 등 한정된 상황에서 물체를 인식할 때는 사람과 유사하거나 더 뛰어난 정확도를 보였다. 그러나 잡음에 취약하고 물체의 상대적인 크기를 구분하지 못하는 등 사람의 시각 체계 성능에는 미치지 못한다.

컴퓨터 시각 기술은 자동차 번호판 인식, 디지털카메라의 얼굴 인식, 공장에서의 제품 검사 등에 활용한다.

Computer Vision Tasks

지능형 영상 분석, 知能型映像分析, Intelligent Image Analysis

영상 정보를 분석하여 자동으로 이상 행위를 탐지하고 관리자에게 경보를 전송하는 기술. 지능형 영상 분석 기술은 CCTV 등을 이용하여 사고를 예방하고, 사고가 발생한 경우에는 신속하게 대응하여 피해를 줄이는 목적에 이용된다.

3D 그래픽스 처리 장치, -加速機, 3D graphics processor unit

동의어 : 3D 그래픽스 가속기

3D 이미지 전용 처리 기능을 내장한 그래픽 표시용 보드. '3D 가속기'라고
도 하는데, 보통 표시하고 있는 그래픽은 2차원으로 3D 가속기가 필수적
인 것은 아니다. 그러나 게임에서는 3D를 이용한 그래픽이 증가하고 있
고, 화상 데이터를 작성할 때는 XY축을 기본으로 Z축을 추가, 처리하고 있
다. 이와 같은 처리 과정을 거쳐 만든 3D 화상 이미지를 이제까지의 가속
기나 중앙 처리 장치(CPU)로 처리하면 화상 이미지의 움직임이 매우 느리
게 처리되기 때문에 3D 화상 이미지 전용 처리 기능을 가진 3D 그래픽 처
리 장치가 등장하였다. 일반적으로 3D 그래픽스 처리 장치라 부르는 경
우, 3D 화상 이미지 처리 기능을 강화한 보드만을 지칭한다. 이전의 그래
픽스 처리 장치는 2D 그래픽 표시만을 고속화하였으나 현재 시판되고 있
는 그래픽 보드의 대부분이 3D 기능을 구비하면서 그래픽스 처리 장치와
3D 그래픽스 처리 장치의 구분이 모호해졌다.

(출처 : 한국정보통신기술협회 정보통신 용어사전)

Part 10.
0.01초를 위한 선수와 과학의 콜라보

- 동계스포츠 장비 성능평가 시스템, 아이스체임버
- 상어를 통해 배운 최첨단 기술, 올인원 수영복
- 첨단 ICT 기술 입은 스포츠 장비·용품의 진화

Part 10.
0.01초를 위한 선수와 과학의 콜라보

스포츠는 0.01초의 싸움이다. 찰나의 시간 싸움에서 승리하기 위해서는 선수의 기량과 신체적·체력적·기술적 차이도 중요하지만 첨단 스포츠 장비의 성능이 뒷받침돼야 한다. 즉 신이 인간에게 선사한 능력의 한계를 뛰어넘는 것이 스포츠의 세계라면 이러한 인간의 노력과 더불어 중요한 것이 바로 첨단 **ICT** 기술이 접목된 스포츠 장비의 성능이라고 할 수 있다. 경기에서 선수의 기량을 향상시키기 위해 다양한 첨단 **ICT** 기술이 활용되는 것처럼 스포츠 장비와 용품의 성능을 극대화하고 최적화된 맞춤형 장비를 개발하기 위해 다양한 시도를 하는 이유다.

(출처 : designhouse.co.kr)

(출처 : designhouse.co.kr)

🏃 동계스포츠 장비 성능평가 시스템, 아이스체임버

평창 동계올림픽을 3달 앞둔 시점, 우리나라 봅슬레이 대표팀은 고민이 많았다. 원윤종-서영우가 출전하는 봅슬레이 2인승 팀이 아직 올림픽에서 탈 썰매를 정하지 못한 것이다. 라트비아 **BTC** 썰매로 2015-2016 시즌 세계 랭킹 1위에 오른 이들은 2016년 초 현대차 썰매로 바꾼 후 10위 안에 든 적이 없다.

이와 같은 결과를 보더라도 동계 스포츠는 하계 스포츠 종목과 비교해 장비의 성능이 경기 결과에 미치는 영향이 상대적으로 매우 높은 편이라고 할 수 있다. 특히 얼음 위에서 움직이는 스케이트의 날(**runner**), 썰매의 날(**blade**), 그리고 컬링의 스톤(**stone**) 등과 같은 장비는 얼음과 공기의 온도, 습도 그리고 공기 저항 등 이른바 환경 데이터(**environmental data**)에 따라 경기 기록에 지대한 영향을 끼치게 된다. 이러한 환경 데이터에 따른 동계 스포츠 장비의 성능과 평가 기준을 마련하기 위해 2016년부터 한국정보화진흥원, 한국스포츠개발원 등의 주도 하에 '아이스채임버(**Ice Chamber**)를 이용한 빙상 장비 평가 체계 구축'이라는 이름으로 기술 개발이 진행된 바 있다.

아이스체임버는 일종의 스케이트와 썰매를 움직이게 하는 발사체라 할 수 있다. 이 시스템에는 속도, 온도, 거리, 힘, 회전력 등을 측정하는 다양한 사물인터넷(**IoT**) 센서가 탑재되어 있다. 온도와 습도 등의 환경 변화에 따른 썰매 날 성능의 변화를 측정하는 등 수많은 데이터를 수집하고 분석해 각 빙상 장비의 최적 환경을 테스트한다.

이러한 실험 데이터는 사전에 선수들에게 전달해 경기력을 향상시키기 위한 기술로 활용한다. 장비별 성능 실험 데이터 제공 및 최적의 우수 장비 추천, 과학적 장비 평가로 국가대표 선수의 경기력 향상에 기여하고, 데이터를 축적해 훈련 및 교육에 활용하는 것을 최종 목적으로 하고 있다.

🏃 상어를 통해 배운 최첨단 기술, 올인원 수영복

2000년 시드니 올림픽에서 처음 등장한 올인원 수영복은 특이한 외모보다 그 속에 숨어 있는 놀라운 과학기술에 사람들을 놀라게 했다. 이 전신수영복은 상어의 표면에 있는 조그마한 삼각형 돌기를 모방해 제작하는데, 이 돌기는 물속에서 발생하는 세찬 소용돌이를 잡아줌으로써 물의 저항을 최소화해 일반 수영복보다 더욱 빠른 속력을 낼 수 있게 해 준다.

이 올인원 수영복 역시 올림픽이라는 스포츠 빅 이벤트에 등장하기 전, 오랫동안 수많은 실험과 테스트를 통해 검증받는 과정을 거쳤다. 선수별 테스트와 다양한 물속 환경 변화에 따른 수영복의 성능 평가 등을 거친 오랜 노력의 산물이라 할 수 있다.

결국 최첨단 기술이 숨어 있는 수영복을 입은 호주의 수영 선수 이언 소프(**Ian Thorpe**)는 시드니 올림픽에서 세계 신기록을 3개나 갈아 치우고 3관왕에 오르는 기록을 세웠다. 당시 다른 올인원 수영복을 착용한 선수들도 10여 개 종목에서 세계 신기록을 세우는 기염을 토해 낸 바 있다.

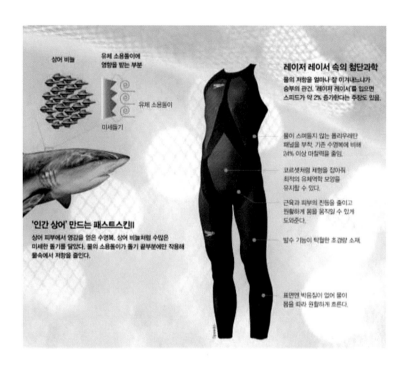

(출처 : dongascience.com)

첨단 ICT 기술 입은 스포츠 장비·용품의 진화

그동안 우리는 4차 산업혁명의 대표적인 기술로 빅데이터 수집과 분석, 인공지능(**AI**), 사물인터넷(**IoT**) 기술, 영상 분석 기술 등을 이야기했고, 이러한 기술들이 선수의 기량과 움직임 그리고 경기력 향상에 어떠한 영향을 주는지에 초점을 맞춰 왔다. 하지만 선수의 경기력과 더불어 중요한 것은 바로 그 선수가 어떠한 스포츠 용품과 장비를 착용하고 다루는지에 있다. 이것이 장비의 성능과 기능에 대한 관심이 최근 중요하게 다뤄지는 이유 다.

빅데이터라고 불리는 대용량 데이터에서 추출한 의미 있는 정보를 선수의 기량과 경기력 향상에 응용하는 사례와 마찬가지로 스포츠 장비와 용품에도 빅데이터를 널리 활용한다. 이러한 노력은 정부 주도로 이루어지고 있고, 국내 스포츠 용품을 제조하는 중소기업에 전달돼 양적인 성장을 견인하는 역할을 하고 있다.

물론 기능과 품질이 좋은 스포츠 용품을 착용한다고 해서 모든 선수가 좋은 성적을 내는 것은 결코 아니다. 자신에게 맞는 스포츠 장비와 용품을 선택하고, 이를 통해 선수의 부족한 부분을 보완함으로써 최고의 기량을 발휘할 수 있도록 하는 것이 바람직한 발전 방향일 것이다.

4차 산업혁명의 거대한 흐름 속에 빅데이터, 인공지능 기술 등이 스포츠 장비와 용품에 접목돼 선수 개인에게 최적화된 맞춤형 서비스가 필요하다는 요구는 앞으로 더욱 커질 것으로 전망된다.

🏃 [ICT 용어 이해하기]

데이터 마이닝, data mining

대용량 데이터에서 의미 있는 통계적 패턴이나 규칙, 관계를 찾아내 분석하여 유용하고 활용할 수 있는 정보를 추출하는 기술.

지하에 묻힌 광물을 찾아낸다는 뜻의 마이닝(**mining**)은 탄광에서 석탄을 캐거나 대륙붕에서 원유를 채굴하는 작업처럼 데이터에서 숨겨진 가치를 찾아낸다는 동일한 특징 때문에 데이터 분석 용어로 사용한다.

데이터 마이닝(**data mining**)은 학문적으로는 통계, 전산, 경영 등 다양한 데이터 분석 관련 학문의 융합으로 탄생한 융합 학문이다. 기술적으로 데이터 마이닝에는 대용량 데이터를 효율적으로 저장하고 및 관리하는 기법인 데이터베이스, 데이터 창고(**DW: Data Warehouse**), 데이터 마트(**data mart**) 등과 방대한 규모의 데이터를 분석하는 분산 처리 기술 등이 사용된다. 데이터 마이닝 분석 방법으로는 목표 변수에 따라 진행되는 정형 데이터 마이닝 기법과 비정형 데이터 마이닝 기법이 있다.

데이터 마이닝(**data mining**)은 데이터 처리를 위한 다양한 분야에 적용할 수 있으며, 마케팅, 생산, 금융, 미디어, 순수 과학 등 다양한 산업 분야에 활용할 수 있다.

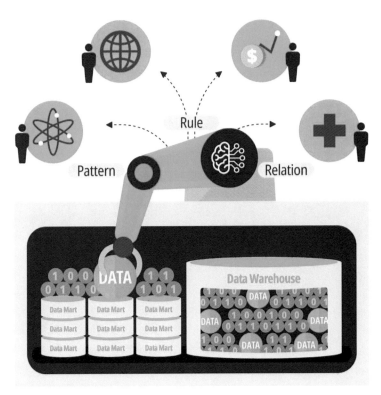

(출처 : 한국정보통신기술협회 정보통신 용어사전)

Part 11.
스포츠 팬심, 빅데이터로 달구다

- 새로운 재미 선사하는 스포츠 빅데이터
- 경기장의 이유 있는 변신, 스마트 스타디움
- 경기분석에서 스포츠 팬으로, 스포츠 연구의 변화
- 스포츠와 빅데이터의 만남으로 신기원을 열다!

Part 11.
스포츠, 빅데이터로 날개를 달다

2015년 호주 멜버른에서 열린 크리켓 월드컵 8강전에서는 경기장 관람객 다수의 시선이 그라운드가 아닌 스마트폰을 향했다. 바로 2014년 브라질 월드컵에서 독일 대표팀이 우승하는 데 큰 역할을 한 비즈니스 솔루션 전문기업 **SAP**의 매치 센터(**Match Center**) 앱을 보기 위한 것이었다. **SAP**이 국제크리켓협회(**ICC**)와 손잡고 출시한 매치 센터 앱은 경기 중 실시간으로 수집한 데이터와 분석 정보를 팬들에게 제공해 경기를 보는 재미를 더했다. 이는 스포츠 현장에서 빅데이터의 활용이 선수의 기량과 경기력 향상에만 응용되는 것이 아니라 스포츠 팬심을 잡기 위한 엔터테인먼트와 마케팅 요소로도 활용되고 있음을 단적으로 보여준 사례가 되었다.

새로운 재미 선사하는 스포츠 빅데이터

이처럼 스포츠에서 빅데이터를 활용하여 스포츠 경기를 더욱 재미있게 즐길 수 있도록 만들어 주는 사례로 '판타지 스포츠 게임'이라는 장르가 있다. 다소 낯선 게임 장르지만 실제 선수들의 경기 전날 또는 그 이전의 성적을 바탕으로 자신만의 팀을 만들어 상대팀과 겨루는 시뮬레이션 게임이다. 데이터 기반의 선수 분석과 경기 흐름을 읽는 능력, 그리고 선수들의 컨디션과 팀의 분위기를 파악해 승부를 내는 방식이다. 한 조사기관에 따르면 북미 지역에서는 이미 4000만 명 이상이 이를 즐기는 것으로 파악될 만큼 인기가 많다. 스포츠 산업 측면에서 봐도 엄청난 시장 규모를 자랑하며 매년 10%대의 고속 성장을 기록할 것이란 조사 결과가 발표되기도 했다. 빅데이터 수집과 분석 기술이 스포츠와 게임을 하나로 연결해 새로운 스포츠 융합 서비스를 만들어 낸 사례라 볼 수 있다.

경기장의 이유 있는 변신, 스마트 스타디움

스포츠에서 빅데이터는 스포츠 자체에 대한 활용과 동시에 스포츠팬과 다양한 스포츠 참여자의 관심사, 그리고 소비 패턴을 분석해 수익성을 높이는 마케팅 수단으로도 적극 이용되고 있다. 즉 스포츠 빅데이터와 최첨단 정보통신기술(ICT)이 그라운드를 누비는 선수들뿐만 아니라 스포츠를 즐기는 관중들에게도 적용되고 있는 것이다.

국내에서는 **KT** 위즈의 수원 홈구장과 **SK**텔레콤의 인천 **SK**행복드림구장의 '똑똑한 변신'이 대표적인 예가 될 수 있겠다. 관람객이 스마트폰에 앱을 설치하면 실시간 선수들의 기록과 데이터를 모니터링할 수 있고 사물인터넷(**IoT**) 기술을 접목해 티켓 예매와 좌석을 찾을 수 있도록 도와준다. 또 경기 중에 중요한 장면만 하이라이트로 반복 시청할 수 있는 실시간 영상분석 서비스를 제공하기도 한다. 이와 같이 팬심을 잡기 위해 다양한 최첨단 서비스를 제공하는 스마트 스타디움(**Smart Stadium**)의 배경에는 스포츠 빅데이터 기술뿐 아니라 근거리 통신기술(**NFC**), 실내 측위기술 (**In-door LBS**), 사물인터넷(**IoT**) 기술, 클라우드 서비스 등 다양한 **ICT** 기술이 숨어 있다.

🤾 경기 분석에서 스포츠 팬으로, 스포츠 연구의 변화

스포츠 빅데이터 연구는 지금도 범위를 넓히고 발전을 거듭하고 있다. 특히 단순한 경기 분석에서 나아가 스포츠 팬, 즉 소비자를 중심으로 하는 연구가 활발히 진행 중이다. 예를 들자면, 뉴스를 보며 사람들이 월드컵에 대해 어떤 이야기를 하는지보고 해당 경기와 한국 축구대표님 선수에 대한 감성(좋음과 나쁨)을 분석한 연구가 있다. 또한 소셜 빅데이터를 통해 2014 인천 아시아경기대회(아시안게임) 야구와 축구 경기를 중계하는 캐스터 및 해설위원에 대한 시청자들의 의견을 분석하는 연구도 있다. 그리고 소셜네트워크서비스(**SNS**) 상에서 아웃도어 스포츠 의류 브랜드에 대한 소비자들의 의견을 분석한 연구도 있다.

이러한 연구들을 통해 스포츠 분야의 빅데이터 분석 기술이 단순한 경기력(**Performance analysis**)과 선수의 움직임에 대한 분석 중심에서 더 나아가 최근에는 스포츠 빅 이벤트 및 스포츠 팬들의 여론 분석, 선수 가치 평가, 스포츠 산업의 연구 동향 분석 등으로 발전하고 있음을 알 수 있다.

스포츠와 빅데이터의 만남, 신기원을 열다

그동안 4차 산업혁명을 이끄는 최첨단 **ICT**가 어떻게 스포츠 환경을 변화시키고 있는지 구체적인 사례를 중심으로 살펴봤다. 인공지능(**AI**) 기술과 스포츠 로봇의 출현, 가상현실(**VR**)과 증강현실(**AR**)을 통해 본 스포츠 신세계, 마술에 비유했던 사물인터넷(**IoT**) 기술, 인간의 한계를 뛰어넘는 영상분석 기술에 이르기까지…. 스포츠 산업에서 데이터는 그 비중이 점점 커지고 있으며 스포츠 환경의 패러다임 역시 크게 바꿔 놓고 있다.

하지만 아직은 국내 스포츠 시장의 빅데이터 활용은 걸음마 단계 수준에 머물러 있다는 게 전문가 대부분의 의견이다. 최첨단 **ICT**와 스포츠의 만남이 세상을 바꾸는 원동력이 될 수 있으며, 지금의 우리는 물론 미래 세대에게도 새로운 가치와 즐거움을 주는 중요한 기회가 될 수 있는데도, 활용의 측면에서 비교해 볼 때 아직은 선진국들보다 많이 뒤처지는 게 현실이다.

하지만 이러한 현실을 돌려 생각해 보면, 국내 스포츠 환경에서 빅데이터를 접목한 새로운 서비스는 앞으로 무궁무진한 잠재력을 가지고 있다고 말할 수 있다. 할 일과 할 수 있는 일이 많다는 의미다. 정부는 정부대로, 기업은 기업대로, 현장은 현장대로 좀 더 적극적인 관심과 노력을 기울인다면 스포츠 빅데이터가 4차 산업혁명 시대를 견인하는 건강한 문화 아이콘으로 자리매김하게 될 것이라 확신한다.

[ICT 용어 이해하기]

근접 무선 통신, 近接無線通信, Near Field Communication, NFC

고주파(HF)를 이용한 근거리 자기장 통신 기술.

ECMA-340, ISO/IEC 18092 표준으로, 아주 가까운 거리에서 양방향 통신을 지원하는 **RFID** 기술의 일종이다. 13.56MHz 주파수를 이용해 10cm 안에서 최고 424kbps의 속도로 데이터 전송을 지원한다. 모바일 기기에서 결제뿐만 아니라 슈퍼마켓이나 일반 상점에서 물품 정보나 방문객을 위한 여행 정보 전송, 교통, 출입 통제, 잠금장치 따위에 광범위하게 활용된다.

위치 기반 서비스, 位置基盤-, Location Based Service, LBS

위성 위치 확인 시스템(**GPS**)이나 통신망을 활용하여 얻은 위치 정보를 기반으로 여러 가지 애플리케이션을 제공하는 서비스. 이동 통신 기술이 발달함과 스마트폰 같은 모바일 기기 확산과 같이 **LBS** 서비스가 중요한 앱으로 떠오르고 있다. 교통, 물류, 전자 상거래, 게임, 광고 같은 응용 분야가 매우 넓은 서비스이다.

누리소통망 서비스, -疏通網-, Social Networking Service, SNS

동의어 : 소셜 네트워킹 서비스

동일한 관심 또는 특성을 갖는 사람들이 연결될 수 있도록 온라인 기반의 개인 간 소셜 네트워크를 만들고 운영하는 데 초점을 맞춘 서비스. 대부분의 누리소통망 서비스(SNS, 소셜 네트워킹 서비스)는 웹 기반의 서비스이며, 웹 이외에도 전자 우편이나 인스턴트 메신저를 통해 사용자들끼리 서로 연락할 수 있다. 초기 SNS는 지인들과의 친목 도모나 엔터테인먼트 용도로 활용되었으나, 스마트폰과 같은 스마트 기기와 결합하면서 정치와 경제는 물론 사회와 문화 전반에 걸쳐 정보를 공유하고 인맥 확대 등 사회적 관계를 생성하고 강화시키는 데 활용된다.

(출처 : 한국정보통신기술협회 정보통신 용어사전)

Epilogue

에필로그

4차 산업혁명은 빅데이터, 인공지능, 사물인터넷, 모바일, 클라우드 서비스 등 정보통신기술(**ICT**)에 힘입어 다양한 센서와 복잡한 데이터를 융복합하고 '초연결', '초지능'의 사회로 접어드는 패러다임의 변화를 의미한다.

스포츠 분야도 이러한 4차 산업혁명의 커다란 흐름 속에 인공지능이 탑재된 스포츠 로봇을 이용하여 선수와 코치 등 인간의 능력을 대체하거나 때론 증대시키는 새로운 변화의 시대에 진입하였다.

즉 천재 과학자 앨런 튜닝의 예견처럼 인공지능과 로봇의 정확함(**Accuracy**)과 인간의 감수성(**Sensibility**)이 조화를 이루는 '미래의 스포츠(**Sports of Future**)'는 이미 우리 곁에 와 있다.